雅各布之屋

[英] 弗吉尼亚 · 伍尔夫——著

王家湘——译

北 京 出 版 集 团
北京十月文艺出版社

译序

一九八八年，英国著名文学评论家马尔科姆·布拉德伯里对弗吉尼亚·伍尔夫在二十世纪文学中的贡献作了如下的评论：

她全部创作之丰富和成就之巨大——不仅是九部小说、女性主义文章、书籍评论和罗杰·弗莱伊传，而且还有发表在杂志上的文章、日记以及书信，其中相当一部分是在她去世后出版的，现在还不断出版——使她一度曾被指责为狭隘的作品变得越来越成为她的时代、她的精神世界和现代艺术思想的精髓。

这段话可以说概括了伍尔夫在文学上的成就。从她一九一五年发表《远航》以来，读者和评论界对她的认识经历了一个发展的过程。早期主要认为她是一个反传统的先锋派作家，以意识流手法和创作技巧上的创新见长。二十世纪七十年代以来，心理传记派、心理分析学派、马克思主义文论派、女性主义评论家、从作品的社会政治性进行分析的研究者、从现代主义创作手法入手的分析家已经用今天存在的一切文学理论从一切角度对伍尔夫的作品进行了全面的诠释，为读者深入了解这些难懂的作品提供了方便。

伍尔夫认为，用传统的现实主义手法进行创作不能捕捉住真正的生活。她眼中的真正的生活、真正的现实是变动不已的、未知的、不受拘束的、像一个明亮的光轮般的人的精神世界。她的全部创作活动就是探索一种手段，以求最好地表达她所理解的这种生活，这种真正的现实出于对生活和现实的这种独特理解，她自然认为传统的创作方法只能反映事物的外部，反映不了事物复杂多变的本质。她认为作家必须站在作品中不同人物各自的立场上去观察、倾听、思考，把所得到的印象、情绪、心境、氛围重新组织，再现出生活与现实的精神和实质。伍尔夫从个人的感受出发探索生活的价值，这使得她的作品带上了强烈的内向性。她逐渐发展了一种灵活多变的、印象主义的、重表现思维不重表现行动的创作风格。

这次翻译出版的伍尔夫的三部作品《雅各布之屋》、《达洛维夫人》和《到灯塔去》充分反映了她作品的特点。这三部都是意识流小说，如果说还有传统意义上的故事情节的话，那么情节也是简单得一句话就可以说完。例如，《达洛维夫人》写的是一九一九年夏季某天，达洛维夫人早上出门为晚宴购物到晚宴结束的一天的生活，这无论是在吸引读者去读这本书或帮助读者去理解这部作品上都没有什么意义。那么，这是三部怎样的作品，我们应怎样阅读它们呢？

《雅各布之屋》是伍尔夫所写的第三部小说。在此之前发表的《远航》和《夜与日》是用较为传统的创作手法写的。《雅各布之屋》是伍尔夫第一部开始采用意识流手法的实验作品。她不顾事件发生的时间顺序，在描写事物时如电影中镜头般迅速化出化入，贯穿整个作品的是作者的观察和思索。伍尔夫不断变化叙述的角度，甚至创造了一些主要作用只是为了叙述他们对雅各布的印象的人物。雅各布的一生，从童年到离家去剑桥大学读书，到在伦敦有自己房间的独立生活，到他短暂的法国和希腊之行，以及最后在战争中阵亡，都是通过他留在亲友心目中的各种不同印象，以及他的内心活动反映出来的。他一生留下的具体的、可触摸的痕迹只有他在伦敦独自生活时所住的那个房间，里面有他的私人用品，这些遗物又在认识他的人的心中激起对他的回忆。读者在阅读时感到仿佛在翻阅主人公的一本相册，出现在眼前的是一幕幕生活的横断面，没有引言、没有结语，始终捕捉不住人物的性格和特点，使人感到一种朦胧的神秘。作者在环境的描写中往往蕴涵着象征意义，往往用评论点出寓意，用人物对事物的观察表现主题。一些评论家指出，在这样一部散文诗般优美却又含义晦涩的作品中，伍尔夫充分写出了她对战争的反感。作品中充满了对英国教育文化结构的辛辣抨击，它使年轻人充满了尚武思想，变成心甘情愿的战争牺牲品；揭示了古老的所谓知识至上的最高学府如何生产着一代又一代傲视众生的、权力和特权的接班人。

《达洛维夫人》的结构框架是女主人公克拉丽莎生活中的一天，这一天的主要活动是达洛维夫人在家中举行的晚会。但是读者面前展现的远不止她一天的所作所为，而是她的一生、她的性格和她和家人、朋友的关系。三十多年前的旧情人彼德的出现勾起了她对自己少女时代的回忆，眼前的事物使她思索自己目前的处境、老年的来临带来的对死亡的恐惧、客人的到来引起的对人际恩怨的回顾。除了克拉丽莎外，作者对彼德和在战争刺激下精神失常而自杀的塞普蒂默斯的内心世界也作了深层次的探索。通过每个人物的回忆、联想、希望、幻灭，作者超越了时空的限制，进出于人物的内心世界。伍尔夫时而停留在某个人物身上，随着人物的意识活动在时间上任意前后跳跃；时而停留在时间的一点上，从一个人物跳跃到另一个人物身上，展示出在同一时间不同空间人物的不同活动和思想。当作者探索一个人物的内心活动时，往往不时用各种方式暗示是谁的内心活动，以免读者在人物自由联想的过程中失去了线索；而当她的笔要从一个人物转到另一个人物身上时，她往往用伦敦大本钟报时的钟声先把读者带回现实之中，然后再转到另一个人的意识中去。在对人物纷繁的意识的表现中，读者能够感觉到一条贯穿其中的主线，那就是作者对当时英国统治阶级的审视。她活灵活现地写出了统治阶级的愚昧，充满了粗暴的男性至上观念和对王室及帝国的盲目崇拜和效忠。这样的一种社会氛围使一些受害者绝望自杀，另一些寻求安逸，放弃了追求。

《到灯塔去》由三个部分组成。第一部分“窗”描写的是拉姆齐教授一家和几个朋友在海滨度假生活中一个下午和晚上，中心是晚餐。第二部分“岁月流逝”用淡淡的几个镜头和回忆，展现了这所别墅因主人在战时无暇来度假而逐渐破败下来，而在此期间，拉姆齐家中夫人及长女先后死去，长子也在战争中阵亡。第三部分“灯塔”讲的是十年以后拉姆齐先生和小儿子詹姆斯、女儿卡姆乘小船去到了灯塔，实现了十年前詹姆斯的愿望；画家莉莉·布里斯科终于完成了十年前开始而因找不到感觉停顿下来的那幅拉姆齐夫人和小詹姆斯的画。

表面看来，这部小说就像有钱有闲的中产阶级的懒散的消夏生活，充满了没有起点也没有结尾的社交闲谈，人们对生活中一些人和事的反映，以及由此而生的联想。没有惊人的事件，没有太多的活动，平平谈谈。所反映的生活现实，用小说中不止一次出现的譬喻来形容，很像坐在一列疾驶的火车中的人向窗外看去时的感觉，他看见人群、景物在窗外闪过，目光刹那间停留在某处，似乎感到看见了什么，但旋即消失得无影无踪。这就是伍尔夫心目中的现实和生活，即一个笼罩着我们的半透明的外壳。小说中的情节具有强烈的象征意义，如莉莉作画，到灯塔去等，但象征的究竟是什么，亦即小说反映的主题思想是什么，评论家也是见仁见智，莫衷一是。阿诺德·凯特尔在《英国小说导论》中提到伍尔夫这部作品时说，“要想恰当地说出《到灯塔去》表现的是什么是极其困难的。许多评论家使用了‘象征’这个字眼，但看来在究竟什么象征着什么上，他们之间极少共同看法。”[1]

以灯塔为例。戴维·戴希斯在分析了小说的各个方面之后认为，灯塔“既是个独特的存在，又是不断变化中的历史的一个部分。从某种意义上说，到达灯塔意味着和自我以外的真实世界接触，放弃自我的独特性，接受客观的现实。”[2]A.D. 穆迪则认为，拉姆齐夫妇对现实的不同理解在灯塔身上达到了一致；一方面灯塔是建立在光秃的岩石上的坚实的物质存在，这代表拉姆齐先生的理性和物质的现实；另一方面从灯塔内发出的闪光象征着拉姆齐夫人所代表的精神的现实，这是生活的本质。作者在这部小说中确实是通过拉姆齐夫妇表现了两种现实观。而且力图寻求二者结合的可能。伍尔夫本人是重视物质现实在人的内心和精神上的反映的。

对伍尔夫作品的认识和理解，从评论界到读者都有一个不断深入的过程。她的作品开始出现后，一直受到评论界的关注。前面已经提到，早期评论界主要对她的现代派手法感兴趣。从七十年代中期开始，对伍尔夫的研究进入了多角度的审视阶段，这与昆廷·贝尔（Quentin Bell）于一九七二年出版了伍尔夫的传记有直接关系。贝尔不仅了解伍尔夫，而且大量利用了伍尔夫从未发表过的私人材料。在七十年代和八十年代，随着伍尔夫日记的编辑出版（1977—1984，五卷集）和七卷书信集的出版，特别是在伍尔夫的丈夫莱昂纳德于一九六九年去世后，在夫妇二人

1 凯特尔，《英国小说导论》，哈金森出版公司，1974，91页。

2 戴希斯，《弗吉尼亚·伍尔夫》，格林伍德出版社，36页

留下的材料中发现了伍尔夫许多生平回忆片段，其中最为重要的是在她去世前不久写的关于个人童年和青年时代的回忆《回忆随笔》(*Sketch of the Past*),后为汇编成集,这就是一九一六年出版的《顿悟时刻》(*Moments of Being*)。同时，她的许多小说的初稿被陆续出版。她生前匿名在《泰晤士报文艺增刊》上发表的文章，经过研究者的查证汇编成六卷《弗吉尼亚·伍尔夫文集》。一九九〇年，米切尔·李斯卡（Mitchell Leaska）编辑出版了伍尔夫一八九七到一九〇七年的日记及文章集《炽烈的艺徒》(*A Passionate Apprentice*)。在她逝世五十年后，她的文集全部出齐。这大量“新作”的通现，将伍尔夫的研究推入了高潮。各路评论家都在伍尔夫的研究上大显身手。

心理传记派评论家如鱼得水。如梅法姆（John Mepham）在《弗吉尼亚·伍尔夫：文学生平》(*Virginia Woolf:A Literary Life*）中强调她创作的创新试验，认为她的每一部作品都反映一种不同的技巧和形式的创新，而她的每一个尝试都是为了寻找一种反映意识和生活的新方法。她整个的创作生涯是一系列企图解释生活的永无穷尽的努力。他认为伍尔夫受到自己性格的不同方面、自己的不同信念和不同功力的影响和驱使，因此会时而重墨于人物的内心世界，时而描绘使人物处于特定心态中的社会文化等外部因素。她本人是重重矛盾的混合体，体现在作品中就要构成了这样一些特点的共存：既不切实际又物质主义，既有神秘主义又有政治性，既是诗人又是社会批评家，既重事实又重幻想。

有的评论家则从社会政治角度分析她的作品，如亚历克斯·兹沃德林（Alex Zwerdling）在一九八六年出版的《弗吉尼亚·伍尔夫和现实世界》（*Virginia Woolf and the Real World*）一书中，向认为伍尔夫的作品没有政治性、不关心社会问题的观点提出挑战。（伍尔夫的丈夫莱昂纳德评价妻子是“自亚里斯多德创造了‘政治动物’一词以来最不具有此特点的人”，这对早期的伍尔夫评论家有很大的影响。）兹沃德林认为伍尔夫一生对社会权力结构和运作极感兴趣，并受到挑战及改革这个权力关系的愿望驱使，是位社会批评家和改革者。她相信人的个体经历是在社会现实中形成的，她力图在作品中反映这一形成的过程。不仅是她的女权主义的文章中有强烈的社会性，兹沃德林认为她所有的小说都具有这个特点，而对她本人心理的探究和对她作品中人物主观意识流动的超常兴趣使人们忽略了她作品中这方面的丰富内容。在兹沃德林之前，美国女权主义评论家就已指出，伍尔夫毕生都是个男权社会的批评者，因此兹沃德林并不是第一个提出伍尔夫是个社会批评者的人，但是尽管兹沃德林同意罗斯 (P.Rose) 在《女作家弗吉尼亚·伍尔夫生平》（*Woman of letters:A Life of Virginia Woolf,1978*）中的观点，即认为伍尔夫感情和思想的核心是她的女权主义观念，他指出伍尔夫作品中所反映的社会问题决不是性别歧视所能够涵盖的。他在书中详细分析了伍尔夫作品中的社会内容，研究她创作每一部作品时的社会历史特点，他认为不如此则无法理解作品的真正意义。兹沃德林对伍尔夫对待阶级和财富的态度也做了很有见地的分析：伍尔夫和她圈子里的朋友——如布鲁姆斯伯里的成员——认为有钱的精英家庭所起的重要社会作用是提供知识贵族、负有继承并推进社会文明美德的责任（如对美的敏感、重视精神享受和友谊）。一战后工人运动的发展和中产阶级务实观念的流行大大冲击了知识贵族们的理念和自负，造成伍尔夫精神上的不安、混乱和绝望。

马克思义评论家对伍尔夫的阶级态度的分析评论集中在《达洛维夫人》上。最早的一篇文章是威廉·燕朴逊 (Willtam Empson) 的《作为政治讽刺文学的“达洛维夫人”》（*Mrs Dalloway as a Political Satire, 1932*）。燕朴逊认为伍尔夫对统治阶层和对他们持批评态度的人都有着一定的同情，表现在对达洛维夫人晚会上的权贵既讽刺又羡慕的描述上。到一九七〇年，特里·伊格尔顿在《流放与逃亡：现代文学研究》（*Exiles and Emigres：Studies in Modern Literature*）中进一步发展了这一论点，他认为作者通过彼德·沃尔什这个人物反映了对社会的批评，但同时又把他表现成一个乖僻的人。小说对英国上层阶级的生活和社会习俗既批评又支持。伊格尔顿分析伍尔夫既意识到阶级存在的问题，又保有上层阶级的文化贵族的精神追求，因此不可能对社会问题持明确的批判态度。她所代表的是这样的一个阶层：它一方面偏离统治阶级的价值观，但又依附于它，以保持自己有钱有闲的精神贵族的生活。在她的小说中也必然会反映出这种和上层阶级既有偏离又有认同的特点。霍桑(J.I lawtborn）在一九七五年出版的《弗吉尼亚·伍尔夫的“达洛维夫人”：异化的研究》（*Vingina Woolf's“MrsDalloway”：A Study in Alienation*）中指出，作者对外部世界特别是她圈子以外人们的劳动和生活的了解是片面的，因此虽然有时能看到社会弊端，却无法为她身处矛盾中的人物找到出路。

对伍尔夫作品的评价决不是一篇序言能够做到的。笔者只希望，读者在读了这篇短文后，能够充分利用作者给我们留下的巨大的赏析空间，去欣赏这位重要的英国女作家的具有代表性的三部作品。

伍尔夫作品的魅力正在于它们为读者留下了巨大的赏析空间。

1

“所以，当然啦，”贝蒂·弗兰德斯写道，一面把脚跟更使劲地往沙子里踩，“没别的办法，只能离开。”

浅蓝色的墨水从她的金笔尖上慢慢地漾出，把停顿号洇成一片模糊；因为她把笔停在了那儿，目光凝滞，泪水渐渐涌满了双眼。整个海湾微微颤抖着；灯塔在摇摆；她产生了幻觉，感到康纳先生小游艇的桅杆像被太阳晒软的蜡烛一样弯着。她迅速眨了眨眼睛。事故是可怕的事情。她又眨了眨眼睛。桅杆是直的；海浪很规则；灯塔笔直地耸立着；但是墨水污迹扩散开了。

“没别的办法，只能离开。”她读着。

“哎，要是雅各布不想玩的话”（她的大儿子阿切尔的影子落在了信纸上，影子在沙滩上呈现出蓝色，她觉得有些凉意——已经是九月三号了），“要是雅各布不想玩的话”——这片污迹真讨厌！时候一定不早了。

“那个烦人的小家伙在哪儿？”她问道，“我看不见他。你跑去找到他。让他马上到这儿来。”“不过幸运的是，”她不去注意那句号，草草写道，“一切似乎都满意地安排好了，虽然我们都挤得像木桶里的鲱鱼一样，而且被迫要忍受那辆儿童车，女房东自然不允许……”

贝蒂·弗兰德斯写给巴富特上尉的信就这样的——长达数页，沾着泪痕。斯卡巴勒离康沃尔七百英里：巴富特上尉在斯卡巴勒，西布鲁克已不在人世。眼泪使她花园中的大丽花像起伏的红色波浪；使温室在她眼中闪烁；使厨房里的刀子闪闪发亮；使教区长的妻子贾维斯太太在教堂里、当赞美诗的乐声奏起、弗兰德斯太太的头低低地俯在小儿子们的头上时，心中想道，婚姻是个堡垒，寡妇则独自在无遮拦的田野里飘零，捡起几块石头，拾起几根金色的稻草，孤独，得不到保护，可怜的人们。弗兰德斯太太守寡已经两年了。

“雅——各布！雅——各布！”阿切尔高声喊道。

“斯卡巴勒。”弗兰德斯太太在信封上写上地址，并在下面画上一道粗线；这是她的故乡；是宇宙的中心。可是邮票呢？她在提包里翻找；然后提起提包来包口向下；然后在怀里乱找，劲头十足，使得戴着巴拿马草帽的查尔斯·斯蒂尔举着画笔停了下来。

画笔像只什么被激怒的昆虫的触角，明显地颤动着。瞧那个女人动了起来——还真要站起来——讨厌！他在画布上匆匆抹上一笔紫黑色。因为景色需要。颜色太暗淡了——深浅不一的灰色融入淡紫色，一颗星或一只白色的海鸥就这样悬在空中——和往常一样，太暗淡了。评论家会说画太暗淡了，因为他是个无名之辈，展出不引人注目，他在表链上挂着个十字架，女房东的孩子都很喜欢他，如果女房东喜欢他的画他是很高兴的——她们常常对他的画很感兴趣。

“雅——各布！雅——各布！”阿切尔高声喊道。

声音吵得他生气，可是他又喜欢孩子，斯蒂尔神经质地揪扯着调色板上的拳曲着的黑色的小画笔毛。

“我看见你弟弟了——我看见你弟弟了。”当阿切尔拖着小铲子慢吞吞地经过他，并且不高兴地瞪着他这个戴眼镜的老先生的时候，他说道。

“在那边——在那块大岩石的边上。”斯蒂尔叼着画笔咕哝道，他两眼仍盯着贝蒂·弗兰德斯的后背，一面往外挤赭黄色的颜料。

“雅——各布！雅——各布！”阿切尔高声喊道，接着又慢吞吞地往前走去。

这声音里有着一种特别的悲哀。听起来像是超脱了躯体，超脱了感情，进入到世界之中，孤单而得不到任何反响，撞碎在了岩石之上。

斯蒂尔皱着眉头；但是黑色的效果很使他高兴——正是那个色调把其余的画面结合成了一个整体。“啊，人到五十岁还能学画画呢！那是橙红色……”他找到了恰到好处的色彩，便抬起头来，却惊恐地看到一层云团笼罩在了海湾上空。

弗兰德斯太太站了起来，左右拍打着外衣上的沙子，然后拿起了黑遮阳伞。

那块岩石呈褐色或者更确切地说是黑色，是那种从沙滩上兀地耸起的、坚固的、给人以原始感觉的岩石。波浪状层层叠叠的贝壳使岩石表面十分粗糙，缕缕干海藻散布其间，一个小男孩必须把腿迈得开开的，而且还得有点英雄的感觉，才能攀到岩顶。

但是在岩石的顶上有一个满是水的坑，坑底是细沙；坑边粘着一团黏糊糊的水母和一些贻贝。一条鱼蹿过水面。黄褐色水藻的边缘漂动着，一只壳子呈乳白色的螃蟹爬了出来——

“啊，一只大螃蟹。”雅各布喃喃道——

并且开始用柔弱的脚在坑底细沙上爬行。好啦！雅各布把手猛地伸进水里。螃蟹凉凉的，非常轻。可是水里满是沙子了，因此雅各布匆匆往下爬，他把提桶举在身前正要往下跳时，突然看见一个大块头男人和女人并排直挺挺地躺在下面，他们的脸红得厉害。

一个大块头男人和女人（这是潮水涨得早的日子）一动不动地并排躺在那里，头枕在手绢上，离海水只有几英尺，两三只海鸥优雅地沿着涌向海滩的波浪飞翔，在他们靴子附近停落下来。

枕在印花大手绢上的大红脸向上瞪着雅各布。雅各布向下瞪着他们。雅各布十分小心地拿着提桶，然后不慌不忙地跳了下去，先是若无其事地小跑着，但随着海浪的白色泡沫向他涌来，他越跑越快，并且不得不转来转去地躲开涌来的海水，海鸥在他面前飞起，飘然飞开去，在稍远处再次落下。一个大个子黑人妇女坐在沙滩上。他向她跑去。

“阿奶！阿奶！”他哭喊道，在每一阵喘息的顶点抽搭着喊出声来。

海浪涌过她的四周。她是一块岩石，布满了海藻，一压就发出噗噗声。他迷路了。

他站在那儿。他的脸镇静了下来。他正要大喊时，突然在悬崖脚下、在发黑的树枝和稻草下面，他看见了一个完整的头骨——也许是牛的头骨，也许是一个上头还有牙齿的头骨。他抽泣着但同时又心不在焉地越跑越远，直到把头骨抱在怀里时为止。

“他在那儿呢！”弗兰德斯太太叫道，她几秒钟就走过整个海滩绕到岩石这边来了。“他拿的是什么东西？放下，雅各布！马上扔掉！我就知道是个让人讨厌的东西。你为什么没有和我们在一起？淘气的孩子！现在把那东西放下。你们俩都跟我来。”她说着一下转过身来，一只手拉着阿切尔，另一只手摸索着找雅各布的胳膊，但是雅各布低头一躲拾起了羊颌骨，颌骨已经松开了。

弗兰德斯太太甩动着手提包，紧抓住遮阳伞，牵着阿切尔的手，嘴里讲着使可怜的柯瑙先生失去了一只眼睛的那场火药爆炸的故事，急匆匆地沿那条陡峭的小径走去，心底深处始终感觉到有种埋藏着的不安。

在沙滩上离那对恋人不远的地方躺着缺了颌骨的羊头骨。它干净，洁白，风吹沙磨，在整个康沃尔的海岸上，没有别的地方有比它更少污染的骨头了。海冬青将会穿过它的眼窝长出；它将变成粉末，或是在一个晴朗的日子，一个高尔夫球手在击球时会打散一小堆土——不，但不是在租住的房子里，弗兰德斯太太想道。带着年幼的孩子到这么远的地方来，是个伟大的试验。没有男人来帮助弄那辆儿童车。而且雅各布是那么难对付；小小年纪已经那么倔了。

“把它扔了，亲爱的，扔了。”他们走上大路时她说道，但是雅各布从她身边扭开了。起风了，她抽出别帽子的别针，看着大海，把别针重新别好。起风了。海浪显出了那种风暴前的不安，就像是一个有生命的东西，烦躁不宁，等待着鞭子落到身上。渔船倾斜得一侧齐着水面。一道淡黄色的光柱掠过深紫色的海面；然后又关闭了。灯塔点燃了。“快走。”贝蒂·弗兰德斯说。太阳照在他们的脸上，给从树篱中颤动着伸出来的巨大的黑莓镀上一层金色，阿切尔在走过时使劲要想把黑莓都摘下来。

“别磨蹭，孩子们。你们没有干净衣服可换了。”贝蒂说着拉着他们跟上自己，她怀着忧虑的感情看着展现在眼前的如此艳丽的大地，花园里的温室突现出闪闪的光芒，时而黄色时而黑色不断变换，在火红的夕阳下这色彩的惊人的不稳定性和活力使贝蒂深感激动，使她想到了责任和危险。她紧紧抓住阿切尔的手。她缓慢沉重地往山上走去。

“我要你们记住的是什么？”她问道。

“我不知道。”阿切尔说。

“哦，我也不知道。”贝蒂幽默而简单地说，谁能够否认，当这种脑子的空白在和丰足、常识、迷信、任意性、片刻间惊人的大胆、幽默，以及多愁善感结合在一起的时候——谁能够否认，在这些方面任何一个女人都要比任何一个男人美好？

嗯，首先，贝蒂·弗兰德斯就是这样。

她的手已放在花园的大门上。

“肉！”她惊呼道，把门闩扳了下来。

她把肉给忘了。

窗口站着丽贝卡。

皮尔斯太太的前屋之空落，在夜里十点钟的时候，当桌子中间放着一盏明亮的油灯时充分暴露了出来。刺目的灯光照进花园里，直切过草坪，照亮了一个小孩的提桶和一丛紫菀，落到树篱上。弗兰德斯太太把针线活留在了桌子上。那儿是她的大轴白线和钢丝架眼镜，她的针盒，她的绕在一张旧明信片上的棕色绒线。那儿是宽叶香蒲和《海滨》杂志；孩子们靴子上带进来的沙子仍留在地毡上。一只长脚双翅昆虫从屋角窜到屋角，撞上了灯罩。风把雨吹得直扫过窗前，穿过光柱时闪着银光。一片孤叶急速地、持续不断地拍打着窗玻璃。海上刮起了飓风。

阿切尔睡不着。

弗兰德斯太太弯身对着他。“想一想仙女，”贝蒂·弗兰德斯说，“想一想那些可爱的、可爱的小鸟回到了窝里。现在闭上眼睛，想象老鸟妈妈嘴里叼着一条小虫。现在翻过身去闭上眼睛，”她喃喃说道，“闭上眼睛。”

这所出租屋里似乎充满了水的汩汩流动声和冲涌声；水窖的水在外溢；水发出噗噗声、吱吱声在管道里流动，沿窗户流下。

“那些水怎么回事都冲进来了？”阿切尔喃喃问道。

“只是在放掉洗澡水。”弗兰德斯太太说。

门外什么东西啪的一响。

“我说，那条汽船不会沉吗？”阿切尔说着睁开了眼睛。

“当然不会，”弗兰德斯太太说，“船长早就上床睡觉了。闭上眼睛，想一想在花丛下熟睡的仙女。”

“我以为他永远也不会睡着了——多大的风暴呀。”她轻声对丽贝卡说，丽贝卡在隔壁的小房间里正弯身坐在一盏酒精灯下。门外风声呼啸，但酒精灯的小火苗静静地燃烧着，旁边立着一本书，挡住光线不会射到摇篮里。

“他奶吃得好吗？”弗兰德斯太太低声问道，丽贝卡点点头，走到摇篮旁把被子往下拉了拉，弗兰德斯太太弯下身子担心地看着婴儿，孩子睡着了，但皱着眉头。窗子在晃动，丽贝卡像只猫一样蹑手蹑脚走过去把窗子揳紧。两个女人隔着酒精灯低声说话，永无休止地密谋策划着有关哄婴儿和干净奶瓶的事情，这时狂风在门外怒号，时而猛地扭扯着那廉价的门扣栓。

两个人都回头看看那摇篮。她们的嘴唇都微微噘着。弗兰德斯太太走到了摇篮旁。

“没醒吧？”丽贝卡低声问道，一面看着摇篮。

弗兰德斯太太点点头。

“晚安，丽贝卡。”弗兰德斯太太轻轻说道，丽贝卡称她为夫人，虽然她们是共同策划有关哄婴儿和干净奶瓶的密谋者。

弗兰德斯太太刚才没有熄掉前屋的灯。那儿是她的眼镜，她的针线活，还有一封盖着斯卡巴勒邮戳的信。她也没有拉上窗帘。

灯光照亮了一小片草坪；落在孩子的画着一道金圈的绿色提桶上，落在旁边的猛烈摆动着的紫菀丛上。因为狂风正横扫过海岸，猛烈地撞击着山丘，又突然猛地从自己的背上蹿起阵阵暴风。风是怎样遍扫了山谷中的那座小城啊！在狂怒的风中，灯光显得怎样的闪动颤抖啊，港口的灯光，高处卧室窗子里的灯光！风推动着滚滚的黑色海浪，疾驶过大西洋，把轮船上空的星星一会儿猛地扯向这边，一会儿又猛地扯向那边。

屋子的前客厅里传来咔嗒一声。皮尔斯先生熄灯了。花园消失了。只不过是黑黑的一片。雨下遍了每一寸土地。每一片草叶都被雨打得弯了下去。眼皮也会被雨打得紧闭不动。如果仰面躺在那里，你什么也看不见，看见的只是一片混乱——不断翻卷的云团，以及黑暗中带点黄和黄绿色的什么东西。

前面卧室里的男孩子们把毯子踢到了一边，躺在一层被单下面。夜里很热，闷热潮湿。阿切尔摊开着睡在那里，一只胳膊伸在枕头上。他满脸通红。当沉重的窗帘被吹开一条缝的时候，他翻了个身，半睁开了眼睛。风还真吹动了五斗柜上的罩布，放进来了一点亮光，因此可以看到五斗柜的清晰的边缘，笔直向上，直到一块白色的突出物。镜子里映出一道银光。

雅各布睡着在靠门的另外一张床上，睡得很熟，一点知觉也没有。那个带着黄色大牙齿的羊颌骨躺在他的脚旁。他把它踢到了床的铁栏杆边上。

凌晨风势减弱后，外面雨下得更猛，直直地倾盆而下。紫菀被打得贴在了地上。孩子的提桶里一半已经装满了雨水；那只壳子呈乳白色的螃蟹在桶底慢慢绕圈爬动，试图用它那柔弱的脚爬上陡直的桶壁；它试了跌下，一而再地试了又试。

2

“弗兰德斯太太”——“可怜的贝蒂·弗兰德斯”——“亲爱的贝蒂”——“她仍然很有吸引力”——“真奇怪她没有再结婚！”“没错，有巴富特上尉——每个星期三去拜访她，像钟表一样有规律，而且从来不带他的妻子。”

“可那是艾伦·巴富特的错，”斯卡巴勒的女士们说，“她从来不为任何人尽力。”

“男人喜欢有个儿子——这一点我们是知道的。”

“有的瘤子需要割去，但是我母亲长的那种瘤你得忍受许多许多年，而且甚至连躺在床上让人给你端杯茶来的福气都没有。”

（巴富特太太是个病人。）

以上这些和更多的说过的，以及将要说的话里所提到的伊丽莎白[1]·弗兰德斯，当然啦，是个正在盛年的寡妇。她年纪在四十岁和五十岁的正中间，充满了逝去的岁月和悲哀：丈夫西布鲁克的去世；三个小儿子；贫困；在斯卡巴勒郊区的一所房子；她的弟弟，可怜的莫特的耻辱以及可能的死亡——他在哪儿？他做什么工作？她用手挡在眼睛上，顺着路看巴富特上尉来没来——来了，在那里，和平常一样准时：上尉的殷勤——催熟了贝蒂·弗兰德斯，使她体态丰满，脸上带上了欢乐的气息，使她一天也许三次谁也不知道为什么眼中溢满泪水。

确实，哭自己的丈夫没有任何害处，而且，墓碑虽然平常，却很牢实，夏天当寡妇带着儿子们站在墓碑前时，人们对她充满了友好的感情。帽子举得比平时更高，妻子们使劲拉丈夫的胳膊。西布鲁克埋在六英尺黄土之下，已经死了这些年了，包围在三层外壳之中，缝隙用铅封住。其结果是，如果泥土和木头是玻璃的话，无疑就可以看见他在地下的脸，一个年轻人的脸，端正，留着连鬓胡子，他出去打野鸭，而且不肯换靴子。

“本市商人。”墓碑上是这样说的，至于贝蒂·弗兰德斯为什么选择这么个职业来称呼他，谁也不明白，因为许多人至今仍记得，他只在一个办公室的窗子后面坐过三个月，在那之前他驯过

1 贝蒂是伊丽莎白的昵称。

马，骑马纵狗打过猎，种过几块地，并且有点放荡不羁——唉，她总得叫他个什么吧，给男孩们一个榜样。

那么，他是不是个微不足道的人呢？一个无法回答的问题，因为即使殡仪人员没有给死人闭上眼睛的习惯，眼睛里的光芒也很快就熄灭了。起初，他是她的一部分；现在是一伙中的一个，他已逐渐融合在所有这一切之中：青草，倾斜的山坡，千百块白石碑——有的倾斜、有的直立，腐烂的花圈，马口铁做的新十字架，狭窄的黄色小道，以及伸出墓地围墙、带着病人卧室气味的在四月里已经凋萎的紫丁香。西布鲁克现在就是这所有的一切；当她拉起裙子喂鸡，听见做礼拜或葬礼的钟声的时候，那就是西布鲁克的声音——亡人的声音。

那只公鸡曾飞到她的肩膀上啄她的脖子，因此现在她去喂鸡时不是带根棍子就是带上一个孩子。“你不想拿着我的刀子吗，妈妈？”阿切尔问。

儿子的声音和钟声同时发出，将生与死难以分开地、令人振奋地交杂在一起。

“一个小孩子，你这把刀可真大！”她说。她为了让他高兴，接过了刀。但公鸡飞出了鸡窝，弗兰德斯太太大声喊阿切尔关上通往菜园的门，放下鸡食，嘴里咯咯地叫唤着母鸡，在果园里忙活了一阵，街对面的克兰奇太太正往墙上拍打门垫，看见了弗兰德斯太太，便把垫子举在手里停了片刻，对隔壁的佩奇太太说，弗兰德斯太太和鸡在果园里。

佩奇太太、克兰奇太太和加菲特太太都能看见弗兰德斯太太在果园里，因为果园是在多兹山上圈出来的一块地；而多兹山俯视全村。多兹山的重要性是无论怎么说也不会过分的。它是地球；天底下的世界；要知道它究竟是多少人目力所及的地平线，最好的计算办法是看看有多少人在这个村子里住了一辈子，只有在参加克里米亚战争时才离开过一次，比如像倚在自家花园门上吸着烟斗的老乔治·加菲特。太阳的移动是用多兹山来衡量的；白昼在多兹山上的浓淡程度是判断的标准。

“现在她和小小的约翰一起上山去了。”克兰奇太太对加菲特太太说，一面最后一次抖动着门垫，然后忙忙叨叨地回到屋子里去了。

弗兰德斯太太打开了果园的门，拉着约翰的手走到多兹山顶上去。阿切尔和雅各布不是跑在前面就是拉在后边；但是当她到达山顶的时候，他们已经在那座古罗马的堡垒里了，大声报告说可以看见港湾里的什么船。因为那儿能够看到壮丽的景色——背后是高沼地，前面是大海，整个斯卡巴勒像个拼图平躺在眼前。弗兰德斯太太有点发胖，她在堡垒里坐下，四下观望。

眼前景色的全部变化应该是她所熟知的了；它冬天的景象，春天，夏天，秋天；风暴如何从海上袭来；当云团掠过时，高沼地怎样时而战栗时而欢快；她本应注意到正在盖别墅的那一片红色的地方；以及画出块块地产的纵横交错的道道；还有小小的暖房的玻璃在太阳下闪出的钻石般的光芒。或者，假如她没有注意到这样的细节，她也可以让自己的想象遨游于夕阳下泛着金色的大海上，并且想象大海如何以万点金币拍打着卵石海滩。小游船被推进了大海；长码头黑色的巨臂将海聚拢了起来。整座城市一片粉红金黄，圆屋顶，氤氲缭绕，回响着共鸣，引人注目。班卓琴凌乱的弹奏声；散步的广场上一股粘在鞋后跟上的沥青的气味；浪子们突然策马驱车穿过人群。人们注意到公司把花坛设计安排得多么好。有时一顶草帽被风刮掉了。郁金香在阳光下燃烧。许多穿着防水布裤子的人一排排伸展在沙滩上。紫色的女帽包着沙滩椅枕头上一张张柔嫩、粉红、易怒的脸。身穿白色上衣的男人推着三角形的招贴板走过。乔治·博斯上尉捕到过一条凶恶的鲨鱼。三角形招贴板的一面用红、蓝、黄三色的字这样写着，每一行结尾都打上了三种不同颜色的惊叹号。

这么说，那是到水族馆去的理由之一了，那儿灰黄色的百叶窗，陈腐的盐精的气味，竹椅子，放着烟灰缸的桌子，转圈游动的鱼，在六七个巧克力盒子后面织毛线活的管理员（经常她一连几个小时独自和鱼待在一起）作为凶恶的鲨鱼的一部分留在了记忆之中。而鲨鱼本身只不过是一个松垮垮的黄色容器，像鱼池里一只里面分成两格的空旅行包。从来没有人在水族馆里感到开心过；但是当出现在这里的人看到只有排大队才能进入长码头的时候，他们脸上暗淡和扫兴的表情很快就消失了。一旦走进了旋转式栅门，每个人都轻快地走上一两码；接着有的人在这个货摊上停停，有的人在那个货摊上转转。但是最后把他们都吸引过去的是乐队；就连在下层码头摆摊的渔民，也把摊子摆在音乐声所及的范围之内。

乐队在一座摩尔式的音乐台上演奏。黑板上写着第九个曲子，是华尔兹。苍白的姑娘们，那个老寡妇，住在同一个出租屋里的三个犹太人，纨绔子弟，少校，马贩子，和有独立收入的那位绅士，脸上都是一副同样的模糊、呆滞的表情，透过脚下木板条之间的缝隙，他们能够看到夏天碧绿的波浪，宁静地、亲切地在码头的铁柱子周围起伏。

但是曾经有过这一切都不存在的时候（靠在栏杆上的那个年轻人心里想道）。你把眼睛盯在女士的裙子上；那条灰裙子就行——在粉红色长丝袜之上。它不断变化：垂过脚踝——十九世纪九十年代；时而肥大——七十年代；时而又闪着红色的光泽，绷在裙衬架上——六十年代；一只穿着白色棉纱长袜、黑色鞋子的小巧的脚微露在外。还坐在那儿吗？是的——她仍在码头上。现在丝袜上装饰着玫瑰花枝的图案，但不知怎的人们不再看得那么清楚了。我们脚下没有码头了。沉重的四轮马车可以轻快地行驶在公路上，但是却没有码头能够让它停靠，而且十七世纪的大海是多么阴沉狂暴！让我们到博物馆去吧。炮弹，箭头，古罗马时代的杯子和一把布满铜绿的钳子，这些是贾斯伯·弗洛伊德牧师四十年代初在多兹山上的古罗马营地自己出资挖掘出来的——你看看那字迹已经褪了色的小标签。

好吧，下一步在斯卡巴勒该看什么了？

弗兰德斯太太坐在古罗马营地高出地面的圆场上，正给雅各布补裤子；只有在抿线头，或小虫子向她撞过来、在她耳边嗡嗡叫着又飞走时，她才抬起头来看一看。

约翰不断走到她面前，把他称作“茶”的草或枯叶往她怀里使劲一放，她便井井有条但心不在焉地把它们整理好，把草带花的一头放在一起，心里想着阿切尔昨夜又醒了；教堂的钟快了十或十三分钟；她真希望能够买下加菲特的那一英亩地。

“那是片果树叶，约翰尼[1]。你看那些褐色的小斑点。来，亲爱的，我们该回家了。阿——切尔！雅——各布！”

“阿——切尔——雅——各布！”约翰尼尖着嗓子跟她喊，用

1 约翰的昵称。

脚跟做轴转动着身子，一面把手里的草和叶子像播种般撒出去。阿切尔和雅各布从土堆后面跳了起来，他们蹲在那里想要突然跳出来吓他们的妈妈一跳，他们开始慢慢走回家去。

“那个人是谁？”弗兰德斯太太用手搭在眼睛上，问道。

“路上的那个老头子吗？”阿切尔看着下面说。

“他不是个老头子，”弗兰德斯太太说，“他是——不对，他不是——我以为是上尉呢，但他是弗洛伊德先生。快点，孩子们。”

“啊，弗洛伊德先生，真讨厌！”雅各布说，一面把一根蓟草顶上的叶丛给拧了下来，因为他已经知道弗洛伊德先生将要教他们拉丁文，确实，他出于好心，在业余时间教拉丁文已经有三年了，因为在附近弗兰德斯太太请不到别的先生来教孩子们，而弗兰德斯太太开始管不住大的两个孩子了，必须为他们上学做些准备。大多数牧师是不会这样做的，在吃过下午茶后到她家里来，或者在他自己的房间里教他们——在他能够安排出时间来的时候——因为他的教区很大，而且弗洛伊德先生和他的父亲先前一样，到许多英里以外高沼地上的村舍去访问，他也和老弗洛伊德先生一样，是个大学者，这使得这事太不可能了——她从来连做梦也没有想到过这种事。她应该猜得到吗？可是，他比她小了八岁呢，更不用说他还是个学者。她认识他的母亲——老弗洛伊德太太。她在那儿吃过下午茶。正是她和老弗洛伊德太太一起吃过下午茶后回家的那个晚上，她看见了门厅里的那封短信，她拿着它到厨房里去把鱼交给丽贝卡，心想一定是和孩子们有关的什么事。

“弗洛伊德先生亲自送来的，是吗？——我想奶酪一定是在门厅的包里——啊，在门厅里——”因为她正在看信。不，不是关于孩子们的。

“是的，肯定够明天做鱼饼用的了——也许巴富特上尉——”她读到了写着“爱”这个字的地方。她走到花园里去读，靠在核桃树上稳住身子。她胸口一起一伏。西布鲁克活灵活现地出现在她面前。她摇了摇头，正透过泪眼看着衬托在黄色天空下摇动着的小小的树叶时，突然三只鹅半飞半跑地急速穿过草坪，约翰尼挥舞着一根棍子在后面追赶。

弗兰德斯太太气得满脸通红。

“我跟你说过多少次了？”她高声道，一把抓住了他，夺下了他手里的棍子。

“可是它们逃出来了！”他叫喊道，一面使劲想挣脱开去。

“你真是个淘气的孩子。我不止告诉过你一千遍了，不许你追那些鹅！”她说着把弗洛伊德先生的信在手里揉成一团，紧紧拽住约翰尼，把鹅赶回到果园里。

“我怎么可能想到结婚！”她辛酸地对自己说，一面用一根铁丝把门闩紧。她一向讨厌男人有红头发，那晚孩子们上床睡觉后，她想到弗洛伊德先生的外貌时自思。她把针线盒推到一边，把吸墨水纸拉到面前，又读了一遍弗洛伊德先生的信，当她读到写着“爱”字的地方时她的胸口上下起伏起来，但是这次没有那么快了，因为当她看到约翰尼追赶鹅时，意识到她不可能和任何人结婚——更别说和弗洛伊德先生了，他比自己小这么多岁，但他是多好的一个人啊——而且还是这样一个学者呢。

“亲爱的弗洛伊德先生，”她写道。“我有没有把奶酪给忘了？”她疑惑地想，放下了笔。没有忘，她告诉了丽贝卡奶酪在过厅里。“我十分惊奇……”她写道。

但是弗洛伊德先生第二天一大早起床后在桌子上看到的那封信的开头不是“我十分惊奇”，这是一封慈母般的、充满敬意的、前后矛盾的、极具歉意的信，他把信保留了许多年；他和安多佛地方的温布什小姐结婚后很久还保留着；他离开了村子后很久还保留着。因为他要求在谢菲尔德的一个教区工作，他得到了一个教区；他把阿切尔、雅各布和约翰叫去和他们告别，告诉他们在他书房里挑他们喜欢的东西留个纪念。阿切尔挑了一把裁纸刀，因为他不愿意选太好的东西；雅各布挑了一卷本拜伦全集；约翰年纪太小，不会选，挑了弗洛伊德先生的小猫，他的哥哥们觉得很可笑，但是弗洛伊德先生支持他，说“它和你一样有软毛毛”。然后弗洛伊德先生谈起了英国海军（阿切尔要去参加海军），谈起了橄榄球（雅各布要去参加）。第二天他收到了一个银托盘，然后就走了——先到谢菲尔德，他在那儿遇见了温布什小姐，她正在她叔叔家做客，然后到哈克尼——然后到梅尔斯菲尔德学校，后来成了校长，最后他做了著名的"基督教教士传"丛书的编辑，退休后和妻子女儿搬到了汉普斯特德，人们常常看见他在羊腿池塘喂鸭子。至于弗兰德斯太太的信嘛——那天他找这封信的时候没有找到，又不愿意问妻子是不是把这信收了起来。最近他在皮卡迪里遇见了雅各布，三秒钟内就认出了他。但是雅各布已经长成了一表人才的青年，弗洛伊德先生不愿在街上叫住他。

"哎呀，"弗兰德斯太太在《斯卡巴勒及哈罗盖特信使报》上看到安德鲁·弗洛伊德牧师，……被任命为梅尔斯菲尔德学校的校长时说道，"那一定是我们这位弗洛伊德先生。"

餐桌周围的人感到一丝忧郁。雅各布正在吃果酱；邮差正在厨房里和丽贝卡说话；在窗前那朵上下摆动的黄花上一只蜜蜂正在嗡嗡采蜜。他们都充满活力，也就是说，与此同时可怜的弗洛伊德先生正在成为梅尔斯菲尔德学校的校长。

弗兰德斯太太站起身来，走到火炉围栏旁，在托帕斯耳朵后面的脖子上摩挲。

"可怜的托帕斯。"她说（因为弗洛伊德先生的小猫现在已经是一只老猫了，耳朵后面有点长癞，不久就得把它处死了）。

“可怜的老托帕斯。”弗兰德斯太太说道，老猫在太阳下伸展开身子，她笑了，想到她怎样让人给它做了阉割手术，以及她怎样不喜欢男人有红头发。她微笑着走进了厨房。

雅各布用一条挺脏的手绢擦了擦脸。他上楼到自己的房间里去了。

鹿角甲虫死得很慢（收集甲虫的是约翰）。即使在第二天虫腿还是柔软的。但是蝴蝶已经死了。暗黄色的蝴蝶已散发出一股臭鸡蛋的气味，这些黄蝴蝶极快地穿过果园飞上多兹山，然后又飞到了高沼地去，时而消失在荆豆丛的后面，时而又在火辣辣的太阳下慌张地乱飞。一只豹纹蝴蝶舒适地停落在古罗马营地的一块白石头上。从山谷里传来了教堂的钟声。在斯卡巴勒人们都在吃烤牛肉；因为雅各布在离家八英里的苜蓿地里捉到黄蝴蝶的那天是星期日。

丽贝卡是在厨房里捉到那只骷髅蛾的。

从蝴蝶标本盒里散发出一股强烈的樟脑气味。

和樟脑味混在一起的是错不了的海藻气味。黄褐色一条条地挂在门上。太阳直射在上面。

雅各布手里捏着的蛾子的上翼上有清楚的略带黄褐色的腰形斑点。但是下翼上没有新月形斑点。他捉住这只蛾子的那个晚上树倒了下来。在树林深处突然传来一阵手枪声。他很晚回家时他母亲以为他是个入室盗窃的贼。她说他是她儿子中唯一从来不听她的话的。

莫里斯说这是“当地土生土长的昆虫，生长在潮湿的地方或沼泽地带”。但是莫里斯有时候会说错。有的时候雅各布会选一支很细的钢笔在页边空白处做出改正。

尽管是个无风的夜晚，树还是倒了，放在地上的提灯照亮了仍然是绿油油的树叶和干枯的山毛榉叶。那是个干燥的地方。有一只癞蛤蟆在那儿。一只红蛾子绕着灯一圈又一圈地飞，然后一闪就不见了。那只红蛾子再也没有飞回来，尽管雅各布等了好久。当他穿过草坪，看见母亲熬着夜在明亮的房间里玩单人纸牌的时候，已经过了半夜十二点了。

“你把我吓坏了！”她大声说道。她以为出了什么可怕的事情。他惊醒了丽贝卡，她早晨需要很早就起来的。

他脸色苍白地站在那里，从黑暗深处来到了热屋子里，灯光刺得他直眨眼。

不，那不可能是一只翅膀边缘是浅黄色的蛾子。

割草机总是需要润滑。巴内特在雅各布的窗户下面转弯，割草机吱嘎——吱嘎响着，然后嘎啦嘎啦地穿过草坪，又吱嘎吱嘎地响了起来。

现在天上布满了云。

太阳又出来了，亮得耀眼。

它像只小眼睛落在马镫上，然后突然而又十分轻柔地落在床上，落在闹钟上，落在敞着盖子的蝴蝶标本盒上。暗黄色的蝴蝶极快地飞过高沼地；它们曲折飞过紫花苜蓿地。豹纹蝴蝶招摇地沿着栽成树篱的排排灌木翻飞。蓝蝴蝶落在草地的小骨头上，被太阳直晒着；苎胥蝶和孔雀在大吃从一只老鹰嘴里掉下来的血淋淋的内脏。在离家许多英里的地方，在一片废墟下生长着的起绒草丛中的洼地里，他找到了北美角翼蝶。他看见了一只白色的蛱蝶围绕着一棵栎树越飞越高，但是他始终没有能捉到它。独自住在高处农舍里的一个老妇告诉过他，有一只紫色的蝴蝶每年夏天都飞到她的花园里来。幼狐清晨时在荆豆丛中戏耍，她对他说。她说如果你黎明时分向外看，总能看见两只獾子。有的时候它们像两个男孩子打架那样互相把对方打翻在地。

“你今天下午不要走远，雅各布，”母亲从门口伸进头来，对他说，“因为上尉要来告别。”这是复活节假日的最后一天。

星期三是巴富特上尉重要的日子。他穿着整洁的蓝哔叽服装，拿上包着橡皮头的手杖——因为他脚有点跛，左手缺两个手指，他为国效过力——在下午四点整的时候从有旗杆的那座房子出发。

三点钟时，负责推轮椅的狄更斯先生来推巴富特太太。

“挪一挪我，”在海滨草地上坐了十五分钟后她会对狄更斯先生说，然后，“行了，谢谢你，狄更斯先生。”在第一个命令时他会把轮椅往太阳地里推；第二个命令时他就把轮椅停在太阳下明晃晃的地带。

他本人是这里的老住户，和巴富特太太——詹姆斯·柯巴德的女儿，有许多共同之处。西街和宽街相交处的喷嘴式饮水处是詹姆斯·柯巴德捐造的，维多利亚女王统治六十周年纪念时他是市长，在市里的洒水车上和商店的橱窗上都画着柯巴德的像，还画在律师事务所咨询室窗子的铝质百叶窗上。但是艾伦·巴富特从来没有到水族馆去过（尽管她和捕捉住那条鲨鱼的博斯上尉很熟），而且当有人拿着广告招贴画来的时候，她傲慢地看着他们，因为她知道她永远不会看到那些江湖小丑，或泽诺兄弟，或戴西·巴德和她的海豹表演队。因为在草地上坐在轮椅里的艾伦·巴富特是个囚徒——文明的囚徒——在晴朗的日子当市政厅、卖布和服装的商店、室内游泳池以及纪念堂在地上留下条条影子时，她囚笼上所有的铁条才散落在海滨草地上。

他本人是这里的老住户，狄更斯先生总是站在她后面一点的地方，吸他的烟斗。她会问他问题——那些人都是谁——谁现在经营着琼斯先生的商店——然后问到社交季节的情况——狄更斯太太有没有试过，不论是什么——字眼从她的唇间像干了的饼干渣般吐出。

她闭上了眼睛。狄更斯先生转悠了一阵。男人的感情还没有完全离开他，尽管当你看到他向你走来时，你会注意到一只圆头的黑靴子怎样颤抖着甩到另一只的前面；在他的背心和裤子之间有一片阴影；他身体怎样摇摇晃晃地向前倾斜，像匹突然发现自己不再驾辕拉车的老马那样。但是当狄更斯先生把烟吸进去又喷出来的时候，从他的眼睛里可以觉察出一个男人的感情。他想到巴富特上尉现在正走在到普莱森特山去的路上，他的主人巴富特上尉。因为在他自己的家里，在俯视小巷的、窗前挂着金丝雀的小起居间里，女儿们在缝纫机上干着活，狄更斯太太因关节炎而蜷缩一旁——在家里他得不到任何重视，想到受雇于巴富特上尉支撑着他。他很愿意想到当他在和巴富特太太在前面聊天的时候，他是在帮助正走在到弗兰德斯太太家去的路上的上尉。他，一个男人，负责着巴富特太太，一个女人。

他回过身子，看见她正和罗杰斯太太聊天。他再回过身子时，看见罗杰斯太太已经走开了。因此他回到了轮椅旁，巴富特太太问他几点钟了，他拿出他的大银怀表，亲切有礼地告诉了她时间，似乎他对时间和一切事情知道得都比她要多得多。但是巴富特太太知道巴富特上尉正在到弗兰德斯太太家去的路上。

确实他在往那儿去的路上已经走了很远了，他已经下了电车，看到多兹山在他的东南方，绿色的山坡衬着地平线上弥漫着尘土色的蓝天。他正大步走上山去。尽管他腿有些瘸，但他仍有着某种军人的风度。贾维斯太太走出教区长住宅的大门时正看见他走过来，她那只名叫尼罗的纽芬兰狗慢吞吞地左右摇动着尾巴。

“啊，巴富特上尉！”贾维斯太太喊道。

“日安，贾维斯太太。”上尉说。

他们一起往前走，当他们来到弗兰德斯太太家门口时，巴富特上尉摘下粗花呢帽，很有礼貌地把头一点，说道：

“再见，贾维斯太太。”

贾维斯太太独自继续前行。

她要去高沼地上散步。她是否又深夜在自家草坪上踱来踱去了？她是否又敲着书房的窗子大声说：“看那月亮，看那月亮，赫伯特！”

于是赫伯特看那月亮。

贾维斯太太心里不快活的时候就到高沼地去散步，一直走到某个浅碟形的洼地处，尽管她总是想走到一个更远的小山脊那儿去；她在洼地上坐下，拿出藏在斗篷下的一本小书，读上几行诗，看看四周。她并不是非常不快活，她既然已经四十五岁了，也许永远不会非常不快活了，就是说不会不快活到想离开丈夫的程度，从而毁掉一个好人的事业，就像她有时威胁说的那样。

不过并没有必要说明一个牧师的妻子在高沼地上散步时会冒什么风险。贾维斯太太矮矮的个子，肤色微黑，眼睛发亮，帽子上插了一根野鸡毛，正是那种会在高沼地上失去自己信仰的女人——也就是说会以普遍性的概念使她的上帝感到惊惶——但是她没有失去信仰，没有离开丈夫，从来没有把诗从头到尾读完，继续在高沼地上散步，看榆树后面的月亮，坐在俯瞰斯卡巴勒的草地上时感受一切……是的，是的，当百灵鸟高飞；当羊群向前移动一两步，吃草的同时使它们身上的铃儿摆动发出叮咚声；当微风开始吹动然后又停止，只有面颊上留下了风的轻吻；当下面大海中的船只似乎相互交叉，仿佛被一只无形的手拉着前进；当远处空中传来震动，幽灵骑士纵马疾驶，猛停；当地平线上波动着蓝色、绿色、令人激动——这时贾维斯太太便会叹一口气，暗自想道："要是什么人能够给我……要是我能够给什么人……"但是她不知道她想要给什么，也不知道谁能够把它给她。

"弗兰德斯太太五分钟前刚刚出去，上尉。"丽贝卡说。巴富特上尉在扶手椅里坐下来等她。他把胳膊肘放在扶手上，一只手放在另一只手上面，伸直那条瘸腿，将有橡皮包头的手杖放在腿边，一动不动地坐在那里。他身上有着某种刻板的东西。他思考吗？也许一再想到的是同样的思想。但是这些是"好"思想、有趣的思想吗？他是个有脾气的人；顽强，忠实。女人们会感到："这儿有着法律。这儿有着秩序。因此我们必须珍视这个男人。夜里他总在驾驶舱里。"于是，在递给他一杯茶或不论什么时，眼前便会产生沉船和灾难的景象，所有的乘客从各自的船舱中跌跌撞撞地出来，而船长就在这里，他身上与风暴般配的粗呢上装扣得整整齐齐，除了风暴什么也无法将他征服。"然而我有灵魂，"当巴富特上尉突然用一块红色印花大手帕擤鼻涕的时候，贾维斯太太会这样想，"正是男人的愚蠢才是造成风暴的原因，这风暴是他的也是我的……"当上尉顺便到她家来看望他们而赫伯特不在家，他几乎一声不响地坐在她家的扶手椅里待上两三个小时的时候，贾维斯太太会这样想。但是贝蒂·弗兰德斯想的可不是这些。

"啊，上尉，"弗兰德斯太太闯进客厅，说道，"我不得不去追巴克公司的工人……我希望丽贝卡……我希望雅各布……"

她上气不接下气，但一点也不感到不安，当她放下从送油工那儿买的壁炉刷时，她说真热，把窗子开得更大了一些，把椅罩拉拉直，拾起一本书，仿佛她非常自信，非常喜欢上尉，并且比他年轻许多许多岁。真的，系着蓝色围裙的她看上去不超过三十五岁。他则五十好几了。

她两只手在桌上移动着。当贝蒂喋喋不休地说话时，上尉左右转动着头，发出小小的声音，十分悠闲自在——已经过去二十年了。

“哦，”他终于说道，“我收到波尔盖特先生的信了。”

波尔盖特先生说他只能建议把一个男孩送到大学去。

“弗洛伊德先生在剑桥大学……不，是在牛津大学……噢，反正是在这两个学校里的一个。”弗兰德斯太太说。

她向窗外看去。小小的窗户，丁香花和花园的绿色映现在她的眼睛中。

“阿切尔学习不错，”她说，“我收到了麦克斯维尔上尉写的一份很好的报告。”

“我把这封信留给你，好给雅各布看。”上尉说，一面笨拙地把信放回信封中。

“雅各布照例在鼓捣他的蝴蝶，”弗兰德斯太太不高兴地说，但是她吃惊地突然想到，“自然，这个星期板球比赛就开始了。”

“爱德华·詹金森已经递交了辞职申请了。”巴富特上尉说。

“那么你将参加竞选市议员了？”弗兰德斯太太直视着上尉的脸，大声说道。

“哦，差不多吧。”巴富特上尉说，一面把身子更深地安顿在椅子里。

因此，雅各布·弗兰德斯在一九〇六年十月进了剑桥大学。

3

“这一节不是吸烟车厢。”当车门打开，一个身材魁梧的年轻人跳进来时，诺曼太太紧张而无力地抗议道。他似乎没有听见她的话。火车一直要到剑桥才停下，而这里她独自和一个年轻男人一起关在一节火车车厢里。

她按了一下化妆用品箱的弹簧，确定了香水瓶和从米迪处借来的那本小说都放在顺手的地方（那个年轻人正背对着她站着把包放在行李架上）。她将用右手扔香水瓶，她打定主意，用左手拉警报索。她五十岁了，有个上大学的儿子。可是，事实是男人是危险的。她读了半栏报纸，然后偷偷越过报纸上沿看了一眼，好用一贯可靠的、检验外貌的办法来决定自己是否安全的问题……她很想主动把报纸给他看。但是青年人读《晨邮报》吗？她看看他在读什么——《每日电讯报》。

注意到他的袜子（松垮垮的），领带（很寒酸）后，她又一次把目光移到他的脸上。她仔细琢磨他的嘴。嘴唇闭着，眼睛朝下，因为他在看报。一切很坚定有力，然而年轻，冷淡，缺乏对周围事物的意识——至于说把人打翻嘛！不会，不会，不会！她向窗外看去，脸上现在出现了微笑，然后又回转来，因为他没有注意到她。严肃，缺乏对周围事物的意识……现在他抬起了眼睛，眼光越过她……不知怎的，他独自和一个老太太在一起，显得这样格格不入……于是他把眼睛——蓝色的眼睛——盯在风景上。她想道，他没有意识到她在场。可是这一节不是吸烟车厢并不是她的过错——如果他心里有这个意思的话。

没有人看到别人的真正面貌，更别说是一个在铁路车厢里坐在陌生的年轻男人对面的老太太了。他们看到一个整体——他们看到各种各样的东西——他们看到自己……诺曼太太这时读了三页诺里斯[1]的一本小说。她应不应该对这个年轻人说（他毕竟只有自己儿子的年龄）：“你要是想抽烟尽管抽，不用管我。”不，他似乎根本没有注意她的在场……她不想打搅他。

不过，既然在她这个年纪她仍然注意到了他的冷淡，想来他在某些方面总有点——至少对她来说——像她自己的儿子那样正派、英俊、有趣、出众、魁梧？你总得尽力把事情转述好呀。反正，这

1　诺里斯（1870—1902），美国作家。

个年轻人正是雅各布·弗兰德斯，十九岁。别打算一眼看清一个人的性格。你必须领会暗示而不是依据具体说了什么，甚至也不完全是做了什么——比如，当火车进站时，弗兰德斯先生一下打开了门，替她把化妆用品箱拿了出去，一面说，其实是很腼腆地咕哝道："让我来。"他还真笨手笨脚不知所措呢。

"谁……"这位夫人见到儿子时问，但是因为月台上拥挤着许多人，而雅各布已经走了，她就没有把话说完。由于这儿是剑桥，由于她只在这儿过一个周末，由于她从早到晚在街上、在桌旁看见的全是年轻男人，她完全忘记了火车上同路人的情景，就像一枚被小孩扔进了如愿井中的弯曲的别针，在水中迅速旋转后就永远消失了踪影。

人们说无论在什么地方，天空都是一样的。旅途上的游子、海难幸存者、背井离乡者，以及行将就木的人都从这个想法中得到安慰，毫无疑问，如果你具有神秘主义的脾性，那么安慰，甚至解释都会从那连绵不断的天空表面倾泻而下。但是在剑桥的上空——至少在国王学院的教堂屋顶的上空——却不同。在大海上，一座伟大的城市会把夜空照得通亮。如果认为天空被冲洗到了国王学院教堂的缝隙里，变得比别处的天空更明亮，更稀薄，更闪闪发光，这样想是不是很离奇？剑桥是不是不仅在夜里放光，而且在白天也放光？

你看，当他们走进去做礼拜的时候，长袍被风吹得多么轻快地飘起，仿佛长袍里面没有任何有密度的肉体物质。尽管长袍下面大靴子在行进，而脸却如雕塑而成，虔诚下控制着怎样的确信和权威。他们行进时列队是多么整齐。粗大的蜡烛直立着；穿白长袍的年轻人起立；方便的鹰形读经台则支托着巨大的白色《圣经》以供查阅。

一片斜面的光从每一扇窗户里精确地照射进来，即便在弥漫着灰尘的地方也呈现出紫色和黄色，而当光线落在石头上时，那块石头就印上了柔和的红色、黄色和紫色。无论是白雪还是绿叶，冬季还是夏天，都无力影响那古老的彩色玻璃。就像提灯的四个面保护着火焰，使火焰即使在狂风暴雨之夜也能稳稳地燃烧——稳稳地燃烧并严肃地照亮着树干——同样教堂里面一切都井然有序。人们的声音听上去很严肃；管风琴明智而谨慎地应答着，似乎在用大自然的赞同来支撑人类的信仰。身穿白色长袍的人从一侧走到另一侧；时而走上台阶，时而走下台阶，一切井然有序。

……如果你在树下放上一盏提灯，森林里的每一只虫子都会爬到灯前——一个难以理解的集合，因为尽管它们拼命又爬又转，把头往玻璃上撞，却似乎没有任何目的——某种没有意义的东西在激励它们。它们围着提灯慢慢地打转，瞎撞着仿佛要求让它们进去，其中最痴迷的是一只大癞蛤蟆，用肩膀推挤着往前爬，看着它们你会感到厌烦起来。啊，可是，那是什么？一阵可怕的手枪射击声响了起来——清脆的噼啪噼啪声；声波向四面传去——寂静平滑地叠盖住了声音。一棵树——一棵树倒了下来，森林中的一种死亡。在那以后，林木间的风声听起来忧郁伤感。

但是在国王学院教堂里的这个礼拜仪式——为什么允许妇女参加呢？无疑，如果思想开小差的话（雅各布看上去极端心不在焉，他的头向后仰着，赞美诗集翻错了页），如果思想开小差的话，那是因为好几家帽子店和一橱柜又一橱柜的色彩鲜艳的裙衣都展示在有蒲制椅座的椅子上。尽管脑袋和身体可能很虔诚，你还是能够感觉到个人的存在——有些人喜欢蓝色，另一些人喜欢褐色；有些人喜欢羽毛，另一些人喜欢三色堇和勿忘我花。没有人会想要把狗带进教堂。因为尽管狗在砾石路上倒是很好，不会对花儿表示不敬，可它沿着过道溜达、东张西望、抬抬爪子、带着令人惊恐得血都会变冷的目的向一根柱子走去（如果你是教堂会众之一——独自一人，不存在难为情的问题），它就会完全毁掉这场礼拜。这些女人也是如此——尽管她们各自都很虔诚，突出，并且有她们丈夫的神学、数学、拉丁文和希腊文做担保。天知道为什么是这样。首先，雅各布心里想，她们全都丑恶无比。

这时出现了刮擦声和低语声。他引起了蒂米·杜兰特的注意，非常严厉地看着他。然后，非常严肃地眨了眨眼睛。

通往格尔顿路上的那座别墅叫作“威佛利”，倒不是普卢默先生崇拜司各特[1]，或愿意选择任何名字，但是当你需要招待大学生的时候，名字是有用的，而当他们星期日午饭时坐在那儿等待第四个大学生到来的时候，谈起了大门上的名字。

“真烦人，”普卢默太太冲动地打断了谈话，“有谁认识弗兰德斯先生吗？”

杜兰特先生认识他，因此他脸稍稍红了，并且尴尬地说了什么能肯定——说的时候眼睛看着普卢默先生，一面拉扯自己的右裤腿。普卢默先生站起身来，到壁炉前站住。普卢默太太像个友好而坦率的同事那样大笑起来。总之，无法想象会有什么比当时那景象、那环境、那前景更可怕的了，甚至那座五月的花园也因寒冷而了无生机，一团云也选择那一刻遮没了太阳。当然有那座花园，每个人都同时朝花园看去。由于那团云，树叶灰蒙蒙地飘动着，而麻雀——那里有两只麻雀。

“我想，”利用年轻人都在看着花园时那短暂的间歇，普卢默太太看着丈夫说，他虽不愿为自己的行动负全部的责任，但还是按了铃。

---

1 司各特（1771—1832），英国小说家，历史小说的首创者。《威佛利》写于1814年，小说描写了18世纪苏格兰高地的风土人情。

除了普卢默先生在分切羊肉时产生的思考之外，没有任何理由这样糟蹋人生命中的一个小时。他在想，如果大学教师从来都不请人吃午饭，如果一个星期日又一个星期日地过去，如果人们离开大学，成了律师、医生、议员、商人——如果大学教师从来都不请人吃午饭——

“我说，是羊肉使薄荷调味汁出了名，还是薄荷调味汁使羊肉出了名？”他问坐在他旁边的年轻人，为了打破已经持续了五分半钟的沉默。

“我不知道，先生。”年轻人说，脸涨得通红。

这当儿弗兰德斯先生走了进来。他记错了时间。

现在他们虽然已经吃完了肉，普卢默太太又往自己盘子里添了一份卷心菜。自然，雅各布决定在她吃卷心菜的时间里把肉吃了，他看了她一两次好衡量自己的速度——只不过他简直是饿极了。在这种情况下，普卢默太太说她准知道弗兰德斯先生不会介意——于是甜馅饼被端了上来。她用特别的方式点了点头，示意女仆又给了弗兰德斯先生一份羊肉。她扫了一眼羊肉。这条羊腿剩不下多少给下顿午餐了。

这不是她的过错——因为她怎么可能管得了她的父亲四十年前在曼彻斯特郊区有了她？而一旦被生下来，她怎么可能不吝啬小气、雄心勃勃地长大，对于社会阶梯有着本能的准确看法并且以蚂蚁般的勤奋推着乔治·普卢默上到阶梯的顶端去呢？在阶梯的顶上是什么？显然，是意识到所有的梯级都在你身下了；因为等到乔治·普卢默成了物理学教授，或者无论是别的什么的时候，普卢默太太只可能处于紧抱着她的显赫地位、盯着下方的地面、驱赶她的两个相貌平平的女儿往梯级上爬的状态中了。

“昨天我去看赛马了，”她说，“和两个小女儿一起去的。”

也不是她们的错。她们走进了客厅，穿着白色上衣，系着蓝腰带。她们递香烟。罗达继承了父亲的冷漠的灰色眼睛。乔治·普卢默有着冷漠的灰色眼睛，但是眼中有着深奥的光芒。他能对波斯和贸易风、对一八三二年议会选举法修正法案和农作物的收获周期侃侃而谈。他的书架上放着威尔士[1]和萧伯纳[2]的作品；桌上放的是由穿着泥污的靴子、面色苍白的人撰写的廉价严肃周刊——这是在冷水中漂洗并拧干后的大脑每周发出的刺耳的吱嘎和尖叫声——使人抑郁的报刊。

“要是不把两种都读过，我就会觉得自己不了解事情的真实情况！”普卢默太太欢快地说，一面用赤裸的红手轻叩目录表，戴在手上的戒指显得那样的不协调。

“啊上帝，啊上帝，啊上帝！”四个大学生离开那所房子时雅各布大叫道。“啊，我的上帝！”

---

1 威尔士（1866—1946），英国小说家。为开科幻小说写作先河的作家。
2 萧伯纳（1856—1950），英国著名剧作家，费边社成员。

“真是糟糕透了！”他说，一面两眼扫过大街寻找丁香花或自行车——任何东西，以恢复他的自由感。

“真是糟糕透了！”他对蒂米·杜兰特说，一语道出午餐时他感到的对世界的不满，一个有能力存在下去的世界——这一点毫无疑问——但是多么没有必要，多么难以相信——萧伯纳和威尔士与廉价严肃周刊！这些老一辈的人，他们拼命擦刮破坏，追求的是什么？难道他们从来没有读过荷马、莎士比亚和伊丽莎白一世[1]时代作家所写的作品？放在从自己的青春和本性而生的感情下审视，他清楚地看到了它的轮廓。这些可怜的家伙们摘出了这么一个微不足道的目标。然而他心里也有着几分怜悯。那两个可怜的小姑娘——

他心神不安的程度说明他心情已经处于急切的状态。他傲慢而缺乏经验，但是无疑老一辈在地平线上建立起来的城市看上去像砖结构的郊区、兵营、纪律严明的所在，与红色和黄色的火焰相对立。他感情很容易受到影响，但是他的话和他沉着地把手圈起来给划着的火柴挡风的动作是矛盾的。他是个有钱的年轻人。

总之，无论是大学生还是店员，无论是男是女，在二十左右的年纪，老一辈的世界必定会使他们震惊——以如此浓黑的轮廓投在我们的存在上；投在现实中；投在高沼地和拜伦上；投在大海和

1 伊丽莎白一世（1533—1603），于1558年至1603年任英格兰和爱尔兰女王。

灯塔上；投在带着黄牙齿的羊颌骨上；投在年轻人顽固的、压制不住的信念上，正是这种信念使他们讨厌得令人难以容忍。“我就是这样的我，而且不打算改变。”世界上不会有这样的类型，除非雅各布为自己造出一个来。普卢默夫妇会力图阻止他去制造。威尔士与萧伯纳和廉价的严肃周刊会压制它。每一次他星期日在外面吃午饭时——在晚宴和茶会上——都将有同样的震惊——恐怖——不自在——然后是乐趣，因为当他在河边散步时，每走一步都能从周围吸收到如此坚定的信念和保证，树在点头，灰色的尖顶柔和地耸立在蓝天下，风送来了人声，仿佛悬浮在空中，五月轻柔的空气，那含着微粒的带着弹性的空气——栗树开花、花粉，以及不论什么赋予五月的空气以力量的东西，使树木变得模糊不清，将花蕾胶结，把绿色涂抹。而那河也从旁流过，没有涨水，流得也不快，但是牵住了浸入其中的船桨，桨片上滴下了白色的水珠，深深的河水泛着绿色漂过弯着的灯芯草，仿佛是在纵情地抚爱它们。

在他们停泊小船的地方树枝如水流般垂下，使树顶上的叶子在轻波中缓慢漂动，躺在水上由树叶形成的一片绿色楔形在树叶移动时也微微移动。这时一丝微风吹过——立刻露出一线天空；杜兰特在吃樱桃时把没有长好的小黄樱桃扔到了树叶形成的那片楔形之中，樱桃梗在叶丛中上下蠕动闪闪发亮，有时一个吃了一半的樱桃会红红地沉入绿水之中。雅各布躺下身子时，牧草地和他的眼睛处于同一水平面上；毛茛把牧草地涂上了一层金黄色，但是那儿的草不像墓地里的绿色细流般的、将要淹没墓碑的草那样，它们茂密水灵地挺立着。他抬头向后看去，看见了孩子们在深草中的腿，以及奶牛的腿。嚓，嚓，他听见了嚼草声；然后在草中迈了一小步；然后又是奶牛齐根咬断牧草，嚓，嚓，嚓的嚼草声。两只白色的蝴蝶在他面前绕着榆树越飞越高。

“雅各布很怪。”杜兰特从小说上抬起眼睛，心里在想。他不断读上几页，然后奇怪地有条有理地抬头看看，每次抬头时都从袋子里拿出几粒樱桃来心不在焉地吃着。别的船从他们旁边经过，从一边到另一边穿过这片死水区，以避开别的船只，因为现在许多船都停泊在那儿，有许多白色衣裙，在两棵树之间的空气柱被破坏了，周围升起了一缕青烟——米勒夫人的野餐会。更多的船不断到来，杜兰特没有站起身子，把船推到了离岸更近的地方。

“啊——啊——”船摇动时雅各布呻吟道，树也摇动了，水中白色的衣裙和白色法兰绒长裤晃动着拉长到岸上。

“啊——啊——”他坐起身子，感到好像一根松紧带在他面前啪地断了。

“他们是我母亲的朋友。”杜兰特说，“所以鲍老头在船上可下功夫啦。”

而这条船沿着海岸从法尔默斯一直航行到圣艾夫斯。一条更大一些的船，十吨的游艇，大约六月二十号左右能像样地装备起来，杜兰特说……

“在钱上有困难。”雅各布说。

“我家人会负责的。”杜兰特说（他是一个去世了的银行家的儿子）。

“我想保持自己经济上的独立。”雅各布生硬地说（他开始激动起来）。

“我母亲提起过到哈罗盖特去。”他有点不高兴地说，一面摸摸放信的口袋。

“你舅舅成了个伊斯兰教徒，是真的吗？”蒂米·杜兰特问。

雅各布头天晚上在杜兰特的房间里讲了他舅舅莫特的事。

“如果人们知道实情的话，我猜他是在喂鲨鱼呢。”雅各布说。“我说，杜兰特，都吃光了！”他大声说着把装樱桃的纸袋团起来扔进了河里。

在他的眼睛里出现了一种尴尬、乖戾、阴郁的神情。

“我们要不要往前划划……这讨厌的人群……”他说。

于是他们离开了这儿，划过了小岛。

轻柔的白色的月亮使天空一直没有黑下来；整个夜里绿叶中露

出白色的栗树花；牧草地上的欧芹朦朦胧胧。

从在大院就能听得见的碗碟碰撞声来判断，三一学院的侍者们一定是像洗牌一样地在把瓷盘子移来移去。不过，雅各布的房间是在内维尔院，在顶层，因此到达他的房门口时人们都有点喘不上气来，可是他不在房间里。想来是在食堂里吃饭。远不到午夜内维尔院就会很黑了，只有对面的柱子永远会是白的，还有喷泉。大门给人的感觉很奇特，像在浅绿色上装饰的花边。即使在窗旁你也能听见杯盘声，以及就餐者嗡嗡的谈话声，餐厅里灯火通明，弹簧门开关时发出轻柔的砰砰声。有些人来得很晚。

雅各布的房间里有一张圆桌和两把矮椅子。壁炉台上，一只罐子里插着黄色的旗子；一张他母亲的照片；社团的带有小小新月形突起、盾形纹章和名称缩写的卡片；笔记和烟斗；桌子上放着画出红色页边的文章——无疑是一篇论文——“历史是由伟大人物的传记构成的吗？”房间里书籍够多的；法文书很少；不过任何稍有价值的人都按自己兴之所至以极度的热情读自己想读的书。比如说，威灵顿公爵[1]的传记；斯宾诺莎[2]；狄更斯的作品；《仙后》[3]；一本

1 威灵顿公爵（1769—1852），英国著名军事家和政治家，在滑铁卢击败拿破仑，滑铁卢战役后任首相。

2 斯宾诺莎（1632—1677），17世纪荷兰哲学家，唯理性主义者，哲学史上最完善的形而上学体系之一的创建人。他的著名作品是《伦理学》。

3 《仙后》，斯宾塞（1552—1599）长篇寓言诗，斯宾塞被认为是英国文艺复兴的先驱之一。

书页间夹着压得薄如丝绸的罂粟花瓣的希腊文词典；所有的伊丽莎白一世时代作家的作品。他的拖鞋简直寒碜得不像样子，像一只被烧毁到水线的船帮。然而他房间里有希腊大师的相片，和乔舒亚爵士的金属版画——一切都很有英国味。还有简·奥斯汀的作品，也许是为了表示对另一个人的标准的尊重而放上的。卡莱尔[1]的书是奖品。有关于文艺复兴时期意大利画家的书籍，一本《马的疾病手册》，以及所有常见的教科书。空气在无人的空房间里也无精打采，只是把窗帘吹起，罐子里的花动了动。虽然没有人坐在里面，柳条椅的一根纤维却吱嘎直响。

老先生微斜着走下台阶(雅各布坐在窗子凹进处的凳子上和杜兰特说话；他吸着烟，杜兰特在看地图)，手背在身后，黑色长袍飘起，在墙壁附近脚步不稳地趔趄了一下；然后，上楼进了自己的房间。后来又过来一个，抬起手称赞柱子、大门、天空；又一个，步履轻快，沾沾自喜。每个人都走上了一道楼梯；黑黑的窗户有三个亮起了灯。

如果在剑桥上空有灯光的话，那必定是从三个这样的房间里照射出来的：这里是希腊学；那里是自然科学；一层是哲学。可怜的老哈克斯泰布连路都走不直了；索普威斯这二十年来哪天晚上都

1 卡莱尔（1795—1881），苏格兰散文作家和历史学家，著有《法国革命》《宪章运动》等作品。

在称赞天空；而考恩仍然对同样的故事咯咯发笑。知识之灯并不简单，也不纯洁或壮丽非凡，因为如果你看见他们在它的光照之下（无论是墙上的罗塞蒂[1]的画像，还是凡高的复制品，无论钵子里放的是紫丁香还是陈旧的烟斗），他们看上去多么像教士！多么像你去观景和吃上一块特殊的蛋糕的郊区！“我们是这块蛋糕的唯一供应者。”然后你回伦敦去，因为款待已经结束。

老哈克斯泰布教授像时钟般精确地换了衣服，坐进了自己的椅子里，装满了烟斗，选好了报纸，把两只脚交叉放好，取下了眼镜。他脸上所有的肌肉这时都垂了下来，仿佛被拿掉了支撑物。然而，把地下铁路车厢里整个一排座位上的人脑袋里的东西都掏空，老哈克斯泰布的脑袋也能够全部装得下。现在，当他的眼睛沿印刷的字移动时，在他大脑的走廊里行进着的是什么样的队伍啊，步伐整齐迅速，并随着队列的前进不断有新的人流加入进来，直到整个的大厅、穹顶，不论你把它叫作什么的地方，都充满了思想。这样的大检阅不会在任何别的大脑里进行。然而有时他在那儿一坐就是几个小时，手紧抓着椅子扶手，像个被困的人死抓着东西不放，然后，就因为他的鸡眼痛了起来，或者可能是痛风，他是怎样地诅咒啊，天哪，听听他谈钱吧，拿出他的皮钱包，连最小的银币都斤

1　罗塞蒂（1828—1882），英国诗人、画家。

斤计较，像个爱撒谎的老村妇那样鬼祟和多疑。奇怪的麻痹和枯竭——出色的启发。那巨大的前额安详地制服一切，有时你可能会幻想，在他睡着时，或在夜深人静的时候，他头枕石头得意扬扬地躺在那里。

与此同时，索普威斯从壁炉前以一种古怪的轻快的步子走过来，把巧克力蛋糕切开。一直到半夜或更晚的时候都有大学生在他的房间里，有时多达十二个，有时三四个；但是他们进来或出去时都没有人站起来；索普威斯继续他的谈话。谈话，谈话，谈话——好像一切都可以拿来谈——灵魂本身如薄薄的银盘滑过嘴唇，像银子、像月光在年轻人头脑中融化。啊，他们在遥远的地方会记得它，深陷于无聊中时会回顾它，再回来重新振作自己。

“哦，我真没有想到！是老查克。亲爱的小伙子，日子过得怎么样？”可怜的小查克，失败的外省佬，他真名叫斯坦豪斯，但是，当然索普威斯叫他的外号使他回忆起了一切，一切，“我永远不可能成就的一切——”是的，尽管第二天索普威斯买报纸赶早班火车时感到一切显得很幼稚、荒唐；巧克力蛋糕，年轻人。索普威斯把事情总结了一下。不，不全如此。他要把儿子送到那儿去。他要节省下每一个便士好把儿子送到那儿去。索普威斯继续他的谈话，把笨拙的讲话中硬邦邦的纤维编织起来——年轻人脱口说出的内容——编在自己平整的花环四周，露出鲜明的一面，青枝绿叶，尖利的刺，果断的男子气概。他醉心于此。确实，对于索普威斯来说，男人什么都可以说，也许一直说到老，说到死去，灭顶，那时银盘会发出空洞的声音，题词读来有点太简单，旧标记看上去太完美，而且印痕永远是同样的——一个希腊男孩的头像。但是他仍然会表示敬意。一个女人，当直觉感知到教士的存在时，将会不由自主地加以蔑视。

考恩，伊拉斯谟·考恩，正在独自品饮葡萄酒，或者说和一个对完全相同的一段时间与他有共同记忆的、脸色红润的小个子男人在品饮葡萄酒。他品饮葡萄酒。讲述他的故事，面前没有书就随口吟诵着拉丁文，维吉尔[1]和卡图卢斯[2]，仿佛语言在他唇上是美酒。只是——有时这念头会攫住他——如果诗人大步走了进来怎么办？“这就是我的形象吗？”他可能会指着这胖胖的男人这样问，毕竟此人的大脑是维吉尔在我们中间的代表，尽管他的身体吃得过胖；至于说武器、蜜蜂，甚至犁，考恩在国外旅行时口袋里放着一本法文小说，膝盖上盖一条小毯子，回到家里后感到无比欣慰，他重又回到他的位置，他的专业，在他小巧的镜子里继续保持维吉尔的形象，一切都包围在关于三一学院的教师们的好听的故事和葡萄

1 维吉尔（前70—前19），古罗马最伟大的诗人。
2 卡图卢斯（约前84—约前54），古罗马杰出的抒情诗人。

酒的红色光束之中。但是语言在他唇上是美酒。维吉尔在任何别的地方都不可能听到同样的东西。尽管当老昂费尔贝小姐沿康河边学院的后院漫步时相当悦耳地、调子还挺准地为他唱歌，她却总是在来到克莱尔桥时遇到这个问题："可是如果我去见他，该穿什么衣服呢？"——然后在她沿大道向纽纳姆方向走去时，她听任自己的想象力玩弄着书上从来没有写过的男人和女人相会时的细节。因此听她讲课的人远不及考恩课上的人多，她本来可能会讲出来以阐明课文的东西总是给拉掉了。总之，让教师面对被教授者的形象，镜子就会碎掉。但是考恩品饮着他的葡萄酒，他的兴奋得意劲头过去了，不再代表维吉尔，而是建设者、评估人、检查员；在人名之间画上线，在门的上方挂上名单。如果光芒能够照射的话，这就是它必须穿透的结构——所有这些语言的光芒，汉语和俄语，波斯语和阿拉伯语；象征和修辞的光芒；历史的光芒；已认知的事物和将要被认知的事物的光芒。

因此如果在夜晚，在辽阔大海的汹涌波涛之上，你看见水面上一片朦胧，一个灯火通明的城市，就连天空也被照得发白，就像这时仍有人在进餐或洗盘子的三一学院的上空一样，那就是这个光芒之所在——剑桥的光芒。

"咱们到西蒙的房间去吧。"雅各布说，于是他们卷起了地图，他们已经把一切都解决了。

大院四周都已亮起了灯光，光线落在鹅卵石路上，托出片片暗黑的草地和一株株雏菊花。年轻人现在已经回到了自己的房间里。天知道他们在干些什么。能够像这样砰地落下的会是什么东西？一个年轻人俯在窗台上的泡沫材料做的花箱上，叫住了另一个匆匆走过的年轻人，他们不断上楼下楼，直到大院带上了一种满当当的样子，像充满了蜜蜂的蜂巢，满载着财宝回巢的蜜蜂，昏昏欲睡，发出嗡嗡声，突然唱了起来。《月光奏鸣曲》得到了华尔兹的应答。

《月光奏鸣曲》不停地叮咚演奏；华尔兹戛然而止。虽然年轻人仍旧进进出出，他们仿佛是走去赴约。不时会传来砰的一声，好像什么沉重的家具突然自己倒了下来，而不是由于晚餐后大家熙熙攘攘所致。想来家具倒下时年轻人会从书本上抬起眼睛来。他们在看书吗？毫无疑问周围的气氛使人有一种专心致志的感觉。在灰墙的后面坐着这么多年轻人，有些无疑是在看书，看杂志，看廉价小说，这是没有疑问的；也许腿跷在椅子的扶手上，一面吸着烟；摊开在桌子上写着，脑袋则随着钢笔的移动转圈子——这都是些单纯的年轻人，他们将会——不过没有必要想到他们变老；另一些人在吃糖；这边他们在拳击；还有，哦，霍金斯先生一定是突然气极了，才会猛地打开窗子喊叫道："约——瑟夫！约——瑟夫！"然后他使劲拼命跑过大院，这时一个上年纪的人，系着绿围裙，拿着好大一摞白铁皮盖子，犹豫了片刻，保持好平衡后继续往前走去。不过这是个插曲。有些年轻人在读书，他们躺在浅扶手椅里，拿书的样子好像手里拿着什么能够看透他们的东西；他们来自中部地区的小城，是牧师的儿子，都在苦恼之中。别的一些人阅读济慈[1]。那些多卷集的长篇史书——为了了解神圣罗马帝国，而这是必需的，肯定现在有人开始在从头看。那是专心致志的一部分，虽然在一个炎热的春夜这会很危险——也许，在门会随时打开、雅各布出现的情况下过分专心于单本书、具体篇章上会很危险；或者说理查德·博纳米，他不再读济慈，开始用一张旧报纸做粉红色长纸捻，身子向前弯着，不再是一副急切满足的样子，而几乎变得很凶。为什么？也许只因为济慈很年轻就死了——你也想写诗和恋爱——啊，畜生！真难透了。不过毕竟要是在隔壁楼道的那个大房间里就不那么难了，那儿有两个、三个、五个年轻人都确信这一点——就是说确信其残忍，以及是与非之间的明确分界。那儿有一张沙发，几张椅子，一个方桌，因为窗子开着，你可以看见他们是怎么坐着的——这儿伸出腿，那儿一个人团在沙发的角落里；还有，想来有个人站在壁炉围栏旁说话，你看不见他。总之，两脚分开跨坐在椅

1 济慈（1795—1821），英国诗人，为19世纪最伟大的诗人之一。

子上、吃着放在长盒子里的枣子的雅各布突然大声笑了起来。回答来自沙发角上；他把烟斗举在半空中，然后放回了原处。雅各布转过身来。对于那一点他有话要说，尽管桌旁那个健壮的红头发小伙子慢吞吞地摇着头，似乎在否认；然后他拿出了单开小刀，把刀尖一次又一次地扎进桌子上的一个木节疤里，似乎在肯定壁炉围栏旁的那个声音说的是实话——这一点雅各布无法否认。或许，在他把枣核排放好了以后他对此可能找到什么话说——确实他张开了嘴——只是突然爆发出了一阵大笑声。

笑声消失在空中。它几乎没能传到站在伸展在院子对面的教堂旁的人们的耳朵里。笑声消失了，只能看到手臂的挥动和身体的动作，在房间里显示着某种事态的轮廓。是争论？打赌划船比赛的结果？根本不是这么回事？在那间幽暗的房间里，手臂和身体的动作显示的是什么？

离开窗子一两步以外什么也没有，有的只是围成一圈的房子——直立的烟囱，水平的房顶；也许，对于一个五月之夜，砖头和建筑物太多了点。这时你的眼前会出现土耳其光秃秃的山丘——清晰的线条，干枯的土地，鲜艳的花朵，以及光着腿站在溪流中在石头上捶洗亚麻织物的女人背上的色彩。溪水在她们脚踝四周形成许多圈圈。但是在剑桥夜色的层层包裹和覆盖下，这一切都不可能清晰地透现出来。甚至连时钟的敲击声都被捂压得低沉沉的，仿佛由某个虔诚的人在布道坛发出的吟诵声；仿佛一代代的饱学之士听到过去的这一个小时从他们的队伍中滚滚而过，为了供世人使用，带着他们的祝福将这已是柔和古老的声音传播了出来。

年轻人是为了接受这个来自过去的礼物才来到窗前，站立在那儿，向外看着院子对面的吗？那是雅各布。他站在那儿吸烟斗的时候，时钟最后一击的声音轻柔地缭绕着他。也许曾经有过争论。他显得很满足，实际上显得神气活现。在他站在那儿的时候这表情产生了一点变化，钟声传递给了他（有可能）一种对古老的建筑和时间的感觉。他自己是个后继者，然后明天，以及朋友们。想到他们，他似乎怀着绝对的信心和愉快打了个哈欠，伸了伸懒腰。

与此同时，在他身后，他们那无论是否通过争论所构成的形态，虽坚硬却只是昙花一现，比起教堂里的深色石头来就像玻璃一样的精神形态，已被撞得粉碎，年轻人从椅子里和沙发角落里站起身来，在房间里乱哄哄地走来走去，东撞西碰，一个把另一个猛挤到卧室门上，门吃不住劲，两个人都摔进了门里。然后剩下雅各布，坐在浅扶手椅里，是只有他单独和马沙姆在这里吗？还是安德森？西米恩？啊，是西米恩。其余的人全都走了。

“……尤利安[1]……”他们之中是哪一个说起他，并低声咕哝其

1 尤利安（331—363），罗马皇帝。

他有关的话的？但是大约午夜时分有时会刮起一阵大风，就像一个隐蔽的身影突然醒来；这阵风现在正扑动着吹过三一学院，刮起看不见的树叶，使一切变得模糊不清。“尤利安”——然后是风。榆树枝丫扫向空中，船帆被吹得鼓起，旧双桅帆船猛烈地上下颠簸，炎热的印度洋上灰色的波涛狂暴地翻腾，然后一切又归于平静。

结果是，如果那位戴面纱的女士穿过三一学院的院子，这时她便会再次觉得懒洋洋的，围着各种装饰织物把头倚在柱子上。

“不知怎的这好像挺重要。”

这低低的声音是西米恩的。

回答他的声音更低。烟斗在壁炉台上清晰的敲击声压过了回答声。也许，雅各布只是“哼”了一声，或者什么话也没有说。确实，听不见那些字。有的是当一个人的心灵在另一个人的心灵上打下不可磨灭的印记时的那种亲密感，一种精神上的快速反应。

“喔，看来你是研究过这个题目的了。”雅各布说着站起来，走到西米恩的椅子旁站住。他平衡了一下身体；他有点摇晃。他显得非常之快活，假如西米恩开口说话，好像他的愉快就会漫溢出来沿四周流下。

西米恩没有说话。雅各布继续站在那里。但是亲密感——房间里充满了亲密感，像一潭水，静止，深沉。无须动作或语言，它柔和地升起，漫过一切，用珍珠的光泽安慰、点燃和覆盖着心灵，因此如果你谈到剑桥的灯光在照耀，就不仅仅是语言。而是罗马皇帝尤利安。

但雅各布离开了。他嘟哝了一声晚安。他走到院子里。他把上衣胸口的扣子扣好。他回到自己的房间去，因为只有他一个人在那一刻步行回房间去，他的脚步声很响，身影显得十分突出。他的脚步声的回音从教堂，从宿舍楼，从图书馆传过来，仿佛古老的石头带着威严的权威发出回响：“年轻人——年轻人——年轻人——回自己的房间。”

4

使劲想要阅读莎士比亚有什么用，特别是这种小小的薄纸版本，书页一下就皱了，要不就被海水粘在了一起。尽管莎士比亚的剧作不断受到赞扬，甚至引用，并且被置于古希腊的作品之上，但雅各布从开始到现在从来没有能够读完一本莎剧。然而这是怎样的机会啊！

蒂米·杜兰特发现了锡利群岛，像几乎要被海水淹没的山顶般横卧在该在的地方。他的计算十分成功，真的，他坐在那儿，手放在舵柄上，腮帮子红扑扑的，脸上一层新长出的胡子，坚定地看看星星，然后看看罗盘，相当正确地阐明那亘古不变的教科书中他的这一页，女人看到他这个样子会被打动。当然，雅各布不是女人。蒂米·杜兰特的样子对于他不是一种奇观，没什么值得在蓝天的衬托下大加景仰的，差得远着哪。他们吵架了。谁也无法说明为什么在船上有着莎士比亚，条件如此杰出的情况下，怎样正确地开一个牛肉罐头的事竟会把他们变成绷着脸生气的小学生。不过罐头牛肉是冷的；咸水糟蹋了饼干；海浪或急涌或慢卷，一个小时又一个小时极少变化——或急涌或慢卷直到地平线的尽头。时而一丛海藻漂过——时而一根木头。曾经有船只在这儿失事。一两条船开了过去，沿自己的一侧航线行驶。蒂米知道它们的目的地，它们运载的货物是什么，而且通过望远镜能够说出航运公司的名字，甚至猜得出公司付给股东的红利是多少。然而雅各布没有理由为此而绷着脸生气。

锡利群岛像几乎要被海水淹没的山顶。……不幸的是，雅各布弄断了烧汽化油的炉子的销子。

锡利群岛很可能在笔直扫过的巨浪下完全消失。

但是你必须承认年轻人的这一点，尽管在这种情况下吃早餐很不愉快，但还是真心实意的。没有必要制造谈话。他们拿出了烟斗。

蒂米写下了一些科学观察的结果，并且——是什么问题打破了沉默——是问具体的几点钟还是那天是几号？反正，一点别扭也没有就问了出来，以世界上最平淡无奇的方式问了出来；然后雅各布开始解开衣服上的扣子，光着身子只穿一件衬衫坐在那里，显然是打算游泳。

锡利群岛开始染上一层浅蓝色；突然，海面映照上一片蓝色、紫色、绿色，又只剩下灰蒙蒙一片；一条光线照射下来又迅速消失；但是当雅各布把衬衫拉过头顶时，整个海面上的波浪都泛着一片蓝色和白色，波光粼粼，虽然时而会出现一大片紫色的痕迹，像擦伤的青肿；或者漂着整整一片微带黄色的艳绿。他跳入水中。他吞进一口水，吐了出来，舞动右臂，舞动左臂，被一根绳子拖着，大口喘气，扑腾得水花四溅，被拉上了船。

船上的坐处确实是烫人，他手里拿着毛巾赤身坐在那儿，太阳晒得他的后背暖洋洋的，看着锡利群岛——见鬼！船帆拍动起来。莎士比亚被撞落水中。你能看见它快活地漂走，所有的书页飞快地不停地翻动着；然后沉入水中。

奇怪的是，你能够闻到紫罗兰的香气，如果七月不可能有紫罗兰，那么他们一定在大陆上种植了什么气味非常浓重的东西。大陆离得并不十分远——你能够看得见山崖上的裂缝，白色的村舍，袅袅的炊烟——看上去极其宁静，乐观和平，仿佛智慧和虔诚降临在了那儿的居民身上。这时响起了一声叫喊，像一个男人在主街上叫卖沙丁鱼。那地方显得极其虔诚和平静，仿佛老人在门口吸烟，姑娘们手叉在臀部站在水井边，马站在一旁；仿佛世界末日已经来到，卷心菜地和石墙，海岸警卫所，以及更主要的是，没有人看见的、海浪拍打着的、有白色沙滩的海湾，都在一种狂喜中升入天堂。

但是村舍的炊烟难以觉察地低垂下来，看去如哀悼的象征，如一面在坟墓上爱抚飘动的旗子。海鸥在辽阔的天空中振翅飞行，然后平静地翱翔，似乎在向那坟墓致意。

无疑，如果这里是意大利、希腊，或哪怕是西班牙的海岸，悲哀就会被新奇、激动和古典文学教育给予的暗示一扫而空。但是科尼什的山丘上耸立着直挺挺的烟囱；而且，不知怎的，美景令人无比伤感。是的，烟囱和海岸警卫所，以及没有人看见的、海浪拍打着的小小的海湾使人记起了那无比巨大的悲哀。而这是什么样的悲哀呢？

它是地球本身酝酿而生的。它来自海岸的房子里。我们开始是透明的，后来云层增厚了。全部历史都在我们这块玻璃的后面。想要摆脱是徒劳的。

但是，很难说这是否正确解释了雅各布忧郁的原因，这时他赤裸着坐在太阳下，望着地的尽头；他一直没有开口。蒂米有时琢磨（只是刹那间），不知道他的家人是否使他烦恼。……没关系。有些事情是没法说出来的。让我们把它甩掉。让我们擦干自己，处理手边的第一件事。……蒂米·杜兰特的记录科学观察的笔记本。

“现在……”雅各布说。

这是一场巨大的争论。

有的人能够紧跟每一步，并且在最后甚至自己也迈出六英寸长的一小步，而别的人则停留在对外部征兆的观察上。

眼睛都盯在拨火棍上；右手拿起拨火棍，举了起来，慢慢转动着，然后非常准确地放了回去。放在膝盖上的左手弹着某个庄严但时断时续的进行曲。深深地吸了一口气，但是没有利用就听凭它散发掉了。猫大步走过壁炉前的小地毯，没有人注意看她。

“我只能解释到这个地步了。”杜兰特结束了他的话。

紧接着的一分钟里没有一点声音。

“那就是说……”雅各布说道。

下面说出来的只有半句话，但是这种半句半句的话，对于在下面观察外部景象的人就像挂在建筑物顶上的旗子。有着紫罗兰的芳香、哀悼的象征以及安宁虔诚的康沃尔海岸是什么？只不过是在他思维行进时碰巧直接挂在身后的一道屏幕。

“那就是说……”雅各布说道。

“是的，”蒂米考虑了一下说，“是这样的。”

这时雅各布开始冲来冲去，一半是为了伸展一下身体，一半无疑是因为开心，因为在他卷船帆、擦钢板的时候，嘴里发出了极其古怪的声音——粗哑、毫不和谐——某种凯歌，因为他掌握了这场争论，因为他驾驭着局面，晒得黑黑的，脸也没有刮，此外还能够驾一艘十吨游艇环游世界，他很可能不久就会这样去做，而不是在一家律师事务所里干下去，而且穿着鞋罩。

“我们那位朋友马萨姆，”蒂米·杜兰特说，“不会愿意人家看见他和现在这个样子的我们在一起的。”他衣服上的扣子掉了。

“你认识马萨姆的姑姑吗？”雅各布问。

“我从来不知道他有姑姑。”蒂米说。

“马萨姆有数不清的姑姑。”雅各布说。

“《末日审判书》[1]里有马萨姆的名字。”蒂米说。

“也有他姑姑的名字。”雅各布说。

“他妹妹，”蒂米说，“是个非常漂亮的姑娘。”

“这就是你会要碰到的事，蒂米。”雅各布说。

“你会先碰到的。”蒂米说。

“可是我刚才对你说起的这个女人——马萨姆的姑姑——”

“啊，快说吧。”蒂米说，因为雅各布笑得说不出话来了。

“马萨姆的姑姑……”

雅各布笑得说不出话来。

“马萨姆的姑姑……”

“马萨姆有什么可以让人笑的地方？”蒂米说。

“见鬼——一个把领带扣针咽下去的人。”雅各布说。

“五十岁以前会当大法官的。”蒂米说。

“他是个绅士。”雅各布说。

---

1 《末日审判书》，1086年英王威廉一世颁布的全国土地、财产、牲畜和农民的调查清册。

“威灵顿公爵是个绅士。”蒂米说。

“济慈不是。”

“索尔兹伯里勋爵是。”

“上帝是不是？”雅各布问。

这时，锡利群岛仿佛直接被云中伸出的金色手指指着；人人都知道这一景象是多么奇特怪异，这道道宽阔的光线，无论是照射在锡利群岛或大教堂中宗教勇士的坟墓上，总是会动摇怀疑论的根基，导致对上帝的玩笑。

与我同在：

黄昏迅速降临；

阴影愈深；

上帝，请与我同在。

蒂米·杜兰特唱道。

“从前在家的时候，我们曾经有一首赞美诗，是这样开头的：伟大的上帝，我看见和听到的是什么？”雅各布说。

海鸥三两只一起在船的附近翱翔，微微摇摆着；鸬鹚好像跟着自己伸长的长脖子在永远不停地追捕，紧贴着水面掠过，落到下一块岩石上；潮水冲刷溶洞发出的轰轰声从水面传来，低沉、单调，像一个人自言自语的声音。

古老的岩石啊，为我裂开吧，

让我藏身于你之中，

雅各布唱道。

一块岩石如某个妖怪的不怎么锋利的牙齿伸出海面；棕褐色；漫溢着永不停息的瀑布。

古老的岩石啊，

雅各布唱着，他仰面朝天躺在那里，望着中午的天空，每一丝云彩都已从天空消失，因此天空像某件揭去了盖子的永久性展览品。

到六点钟的时候从冰原上吹过来一阵微风，七点时海水更近于紫色而非蓝色；七点半时锡利群岛四周如同金箔工的一片粗糙的皮肤，当杜兰特坐在那儿掌舵时，他的脸就像经过世代擦拭的红漆盒子的颜色；到九点钟的时候，天空中火红的晚霞和变幻的色彩全都消失，只剩下楔形的苹果绿色和片片浅黄色；十点时船上的提灯在波浪上映出弯弯曲曲的色彩，随着波浪伸展或弓起而拉长或缩短变宽。灯塔的光柱迅速跨越水面。细小的繁星在无穷个百万英里之外闪闪发亮；但海浪拍打着游艇，并以规律的和惊人的庄严轰然撞碎在岩石上。

尽管可以去敲村舍的门要一杯牛奶喝，只有干渴才会迫使人这样打搅别人。然而，也许帕斯柯太太会欢迎的。也许炎炎夏日令人烦闷。她在自家小小的洗碗碟的地方，可能听到那只廉价的时钟在壁炉台上的嘀嗒，嘀嗒，嘀嗒……嘀嗒，嘀嗒，嘀嗒声。她独自在家。她的丈夫给农场主霍斯肯帮忙去了，女儿出嫁后去了美国。她的大儿子也已经结了婚，但是她和儿媳处不来。美以美会的牧师来把小儿子带走了。她独自在家。一艘轮船，也许是开往加的夫去的，这时正越过地平线，而近处，一棵毛地黄的铃荚摇动着，铃舌是一只大野蜂。

科尼什白色的村舍都修建在山崖边上；菜园里荆豆比卷心菜长得茂盛；而围篱呢，是哪位原始的先生把花岗石堆在一起而成的。在其中一块石头上凿出了一个盆子，一位历史学家猜测是用来盛放受害者的血的，但在我们的时代，它的功用要平淡得多，可供想要一览无余地欣赏古纳德角的旅游者坐在上面。这倒不是说有人不想看村舍园子里的蓝色印花连衣裙和一条白色围裙。

“看呀，她得从园子里的一口水井里打水呢。”

“冬天一定很荒凉，风席卷过那些山丘，浪撞击着岩石。”

即使在夏日你也能听见海浪低沉的沙沙声。

帕斯柯太太打好水后走进了屋子。旅游者很遗憾没有带望远镜，否则就可能看清那艘不定期货船的名字了。确实，天气非常晴朗，还真说不准有一副望远镜的话你能够看见些什么呢。两条打鱼的小帆船，想来是从圣艾夫斯湾开出来的，这时正在和轮船相反的方向上航行，海底变得时而清晰时而昏暗。至于那只蜜蜂，吸足了蜜以后它飞到了起绒草那儿，然后笔直飞到帕斯柯太太的菜园里，又一次把旅游者的目光带到老妇人的印花连衣裙和白围裙上，因为她来到了村舍的门口，正站在那儿。

她站在那儿，手搭在眼睛上方向海上眺望。

也许她是第一百万次看着大海。一只翅膀上有孔雀羽斑点的蝴蝶落在了起绒草上，它翅膀上蓝色和巧克力色的绒毛证明它刚从蛹中脱出。帕斯柯太太走进门去，取了一只奶油盘，走出来，站在那儿擦洗。她的脸肯定既不温柔、性感，也不纵欲，而是坚定、明智，或者说健康的，在一间充满了老于世故的人的房间里，她意味着生命的活力。然而她会像说真话一样毫无顾忌地说谎。在她背后的墙上挂着一条巨大的干鳐。藏在客厅里的是她珍视的垫子、瓷水杯，以及相片，尽管保护着这间发霉的小屋子不受带盐分的海风侵袭的只是一砖之厚的墙壁，透过网织品窗帘的间隙，你可以看见塘鹅如一块石头直落而下，在暴风雨的日子里海鸥战栗着飞过空中，轮船的灯光时起时伏。冬夜里的声音伤感而忧郁。

画报在星期日准时送到，她长时间地看着辛西亚夫人在威斯敏斯特教堂举行的婚礼。她也很想能够乘坐带弹簧的马车。有教养的人说话时那柔和快速的音节常常使她对自己粗放的发音感到羞愧。而且整夜听到的是大西洋在岩石上的摩擦声，而不是双轮双座马车和男仆吹哨召唤汽车的声音。……她一面擦洗奶油盘时脑子里可能就在这样梦想着。但是健谈的、机智的人都到城市里去了。她像个守财奴，把自己的感情珍藏在了心里。这么多年以来她丝毫也没有改变，而人们在羡慕地看着她的时候，感到似乎她内心必定全部是纯金。

这位明智的老妇人在良久凝视大海后又一次回到屋子里去了。旅游者们决定，是接着前往古纳德角去的时候了。

三秒钟后杜兰特太太来敲门了。

“帕斯柯太太吗？”她问道。

她傲慢地看着旅游者穿过田间小路。她来自苏格兰高地的一个民族，他们的酋长是很出名的。

帕斯柯太太出现了。

“我很羡慕你的那丛草，帕斯柯太太。”杜兰特太太说，一面用刚刚拿来敲门的阳伞指着长在门旁的那丛漂亮的蕨草。帕斯柯太太不赞成地看着那丛草。

“我儿子过一两天就回来，”杜兰特太太说，“和一个朋友一起从法尔默斯驾一条小船来。……莉齐有消息吗？”

她的长尾巴小马站在二十码以外的路上抽动着耳朵。马童柯瑙偶尔给它们赶赶苍蝇。他看见女主人走进了村舍，又走了出来，绕过屋前的菜园子，从手的动作来判断，她正在起劲地说话。帕斯柯太太是他的姑姑。两个女人一起观察着一丛草木。杜兰特太太弯下身子摘下一根小树枝。接着她指指马铃薯（她的动作很傲慢，身子挺得笔直）。马铃薯得了枯萎病。那年马铃薯都有枯萎病。杜兰特太太指给帕斯柯太太看她的马铃薯枯萎病有多么厉害。杜兰特太太起劲地说着，帕斯柯太太顺从地听着。柯瑙知道杜兰特太太在说，这很简单，你把粉末和进一加仑水里。“我在自己的菜园里亲手做过。”杜兰特太太正说道。

“你一个马铃薯也落不下——你一个马铃薯也落不下。”她们走近大门时杜兰特太太用强调的口气说。马童柯瑙变得像块石头，一动不动。

杜兰特太太拿起缰绳，在赶车人的位子上坐了下来。

“小心你的那条腿，不然我就要让医生来看你了。”她回过头来大声说道。她轻轻碰了一下小马，马车开始往前驶去。马童柯瑙只有踮着脚跳上车去的工夫。柯瑙坐在后座的中间看着他的姑姑。

帕斯柯太太站在大门口看着他们远去；站在大门口直到马车拐过弯；站在大门口，时而往右边看看，时而往左边看看；然后走回到屋子里去。

不久小马前腿奋斗着向高沼地的坡路进攻。杜兰特太太听任缰绳松弛着，身子靠向后面。她的轻松态度消失了。她的鹰钩鼻薄得像一块漂白的骨头，几乎都能透过它看见亮光。放在膝上缰绳上面的手即使在安静时仍很坚实。上嘴唇短得总是翘起露出门牙，几乎像是在冷笑。她的思想掠过极大的范围，而帕斯柯太太的思想则固定在那单独的一块地上。当小马爬着上山的路时，她的思想掠过了极大的范围。她思前，她想后，仿佛没有房顶的茅屋，成堆的矿渣，以及村舍的长满毛地黄和荆棘的园子在她的思想上投下了阴影。四周是灰白的山丘，每一座山上都散布着古老的石头；山下是大海，像南方的大海那样多变无常；她坐在那儿看看山丘，看看大海，直挺挺地，像鹰一样，在忧郁和大笑之间寻求平衡。突然她用鞭子轻轻打了一下小马，使得马童柯瑙不得不踮着脚跳上车去。

白嘴鸦落下；白嘴鸦飞起。它们如此随心所欲地栖落的树木似乎不足以接纳这样大量的白嘴鸦。微风吹得树梢沙沙响；树枝发出清晰的吱嘎声，不时落下荚壳或细枝，虽然仍是仲夏时令。白嘴鸦飞上天空又飞落下来，当更为明智的鸟儿准备休息的时候，飞上天空的白嘴鸦的数目一次比一次少，因为黄昏业已过去大半，树林中几乎已经黑了。青苔软软的；树干似幽灵。在树林以外是一片银色的牧草地。牧草地的尽头，蒲苇草从团团绿草丛中伸出羽毛般的叶片。一片宽阔的水面闪着微光。旋花蛾已经开始在花间旋转飞舞。橘黄色和紫色的旱金莲与香水草融入了暮色之中，但是大蛾子在上面飞旋的烟草和西番莲则色白如瓷器。白嘴鸦在树顶一起扑动翅膀，正准备好要睡觉时突然远处传来一个熟悉的震颤的声音——越来越响——简直在它们耳朵里喧嚣不止——把充满睡意的翅膀又吓回到空中——那是宅子里晚餐的铃声。

在经历了六天的海风吹，雨淋和日晒以后，雅各布·弗兰德斯穿上了晚礼服。这个不招眼的黑东西在船上时和罐头、泡菜、腌肉放在一起，时不时地露过面，随着航程的延续变得越来越不相干，很难让人相信它存在的意义。而现在，世界稳定了，在烛光的照耀下，唯一保护他的就是这件晚礼服了。他对此真是感谢不尽。即使如此，他的脖子、手腕和脸仍毫无遮盖地暴露着，他整个的人，无论是遮盖着的还是暴露着的部分，都在激动发光，以至连黑色衣服也不是完美地遮蔽。他把放在桌布上的红色大手收了回去。它偷偷地握住了细长的玻璃杯和叉柄呈曲线的银叉子。炸肉排上的骨头上装饰着粉红的饰边——而昨天他啃火腿骨头来着！他的对面是朦胧的、半透明的黄色和蓝色的人影。在人影后面是灰绿色的花园，渔船似乎陷入并悬浮在虎耳草梨形的叶子间。一条帆船慢慢从女人们身后驶过。两三个人影在暮色中匆匆穿过平台。门开了又关上。没有什么东西安定下来，或者保持不变。像时而在这边划几下，时而在那边划几下的桨一样，一句句话时而从餐桌这一侧、时而从那一侧传出来。

“啊，克拉拉，克拉拉！”杜兰特太太喊道。蒂莫西·杜兰特[1]也喊道：“克拉拉，克拉拉。”雅各布知道了穿黄色薄纱衣服的人影叫克拉拉，是蒂莫西的妹妹。姑娘坐在那里微笑，脸红了。她有哥哥一样的黑眼睛，比哥哥含糊温柔。当笑声消失后，她说：“可是，妈妈，那是真的。他是这么说的，不是吗？艾略特小姐同意我们……”

但是高个子，头发灰白的艾略特小姐正在挪动身子，给刚从平台上进来的老先生让出地方来在她身旁坐下。晚餐永远也结束不了，雅各布心想，而他也不希望它结束，尽管那条轮船已经从窗框的一角航行到了另一角，一盏灯光标志着防波堤的尽头。他看见杜兰特太太凝视着那点灯光。她转身面对着他。

“是你还是蒂莫西驾驶的船？”她问，“请原谅我叫你雅各

1 蒂莫西，蒂米是蒂莫西之爱称。

布[1]。我经常听到关于你的事。”然后她的眼睛又回到了大海上。她两眼呆呆地看着眼前的景象。

“过去是一个小小的村子，”她说，“现在发展了。……”她站起身来，拿着餐巾走去站在窗前。

“你和蒂莫西吵架了吗？”克拉拉不好意思地问道，“要是我会吵的。”

杜兰特太太从窗口走了回来。

“饭吃得越来越晚了，”她说，她笔直地坐在那里，沿桌子看去，“你们真该觉得不好意思——你们所有的人。克拉特巴克先生，你真该觉得不好意思。”她提高了声音，因为克拉特巴克先生耳朵聋。

“我们是觉得不好意思。”一个姑娘说。但是那个留着胡子的老先生仍继续吃他的李子馅饼。杜兰特太太笑了，身体向后靠在椅子上，似乎在迁就他。

“我们请你来判断，杜兰特太太，”一个戴着厚厚的眼镜，留着火红的小胡子的年轻人说，“我认为条件已经得到满足了。她欠我一个一金镑的硬币。”

“不是在吃鱼以前——是和鱼一起吃，杜兰特太太。”夏洛

1 西方一般熟人之间称呼名字，而不是某某先生。杜兰特太太是第一次见到雅各布，按理应称呼他弗兰德斯先生。

特·怀尔丁说。

“是这么打的赌，和鱼一起吃，”克拉拉认真地说，“秋海棠，妈妈，和他的鱼一起吃秋海棠。”

“哎呀！”杜兰特太太说。

“夏洛特不会给你钱的。”蒂莫西说。

“你怎么敢……”夏洛特说。

“那将是我的荣幸。”彬彬有礼的沃特利先生说，一面拿出一个装有一金镑硬币的银盒子，放了一枚在桌子上。这时杜兰特太太站起来，挺直身子走过房间，穿着黄色蓝色和银色薄纱衣裙的姑娘们跟在她身后走了出去，还有穿着丝绒的上年纪的艾略特小姐；一个小个子面色红润的女人在门口踌躇着，她干净、拘谨，可能是个家庭教师。她们全都从开着的门走了出去。

“当你到了我这个年纪的时候，夏洛特。”杜兰特太太说，她拉过姑娘的胳膊来挽着，一起在平台上来回散步。

“你为什么这样悲哀呢？”夏洛特冲动地问道。

“我的样子让你觉得我很悲哀吗？我希望不是这样。”杜兰特太太说。

“呃，刚才是这样。你还不老。”

“老到可以做蒂莫西的母亲啦。”她们停下了脚步。

艾略特小姐正在平台边上用克拉特巴克先生的望远镜看着。这位耳聋的老先生站在她旁边，抚摩着胡子，一面背诵星座的名字：“仙女座，牧夫座，仙后座……”

“仙女座。”艾略特小姐轻声说道，一面稍稍移动了一下望远镜。

杜兰特太太和夏洛特沿着指向天空的望远镜的镜筒方向看着。

“有千百万颗星星。”夏洛特深信不疑地说。艾略特小姐从望远镜转过身来。餐厅里的青年男人们突然大笑起来。

“让我看看。”夏洛特急切地说道。

“星星使我厌烦，”杜兰特太太和朱丽亚·艾略特沿平台走去时说，“我以前曾经看过一本关于星星的书。……他们在说些什么？”她在餐厅的窗前停了下来。“蒂莫西。”她说明道。

“那沉默的年轻人。”艾略特小姐说。

“是的，雅各布·弗兰德斯。”杜兰特太太说。

“啊，妈妈！我没有认出你来！”克拉拉·杜兰特和埃尔斯贝特从对面走来，惊呼道。“真香啊。”她揉碎了一片马鞭草叶，使劲闻着。

杜兰特太太转身独自离开了。

“克拉拉！”她叫道。克拉拉走到她面前。

“她们一点都不像！”艾略特小姐说。

沃特利先生吸着雪茄走过她们身边。

“我活着的每一天都发现自己同意……”他经过她们身边时说。

“猜一猜会很有趣……”朱丽亚·艾略特喃喃道。

“我们刚出来的时候还能够看得见花圃里的花。”埃尔斯贝特说。

“现在简直快看不见了。”艾略特小姐说。

“她以前一定非常漂亮，当然，人人都喜欢她。”夏洛特说。“想来沃特利先生……”她打住了。

“爱德华的去世是个悲剧。”艾略特小姐明确地说。

这时厄斯金先生加入了谈话。

“根本没有什么寂静，”他肯定地说，“不算你们的说话声，在今天这样的晚上我能够听见二十种不同的声音。”

“打个赌怎样？”夏洛特说。

“一言为定，”厄斯金先生说，“一，大海的声音；二，风声；三，狗叫；四，……”

其余的人走过他们身边，没有停留。

“可怜的蒂莫西。”埃尔斯贝特说。

“一个多么晴朗的夜晚。”艾略特小姐冲着克拉特巴克的耳朵喊道。

“想看看星星吗？”老人把望远镜转向埃尔斯贝特问道。

“难道不使你感到伤感吗——看星星？”艾略特小姐大声问道。

“哎呀不会，哎呀不会，”克拉特巴克先生听懂她的意思后咯咯笑着说，“为什么会使我感到伤感？一点儿也不会——哎呀不会。”

“谢谢你，蒂莫西，可是我要进去了，”艾略特小姐说，“埃尔斯贝特，给你披巾。”

“我要进去了，”埃尔斯贝特眼睛仍看着望远镜，喃喃道，“仙后座，”她喃喃道，“你们都在哪儿？”她问道，眼睛离开了望远镜。“真黑呀！”

杜兰特太太坐在客厅里灯下绕一团毛线。克拉特巴克先生在念《泰晤士报》。远处放着另一盏灯，姑娘们围坐在灯下，剪刀一闪一闪地在为供亲友观看的业余演出剪着银色的亮晶晶的什么东西。沃特利先生在看书。

“是的，他说得很对。”杜兰特太太说，她直起身子，停止绕线。在克拉特巴克先生念完兰斯多恩勋爵剩下的讲话时她一直笔直地坐着，没有碰那团毛线。

“哎，弗兰德斯先生。”她骄傲地说，好像在对兰斯多恩勋爵本人说话一样。然后她叹了一口气，开始继续绕毛线。

“坐在那儿。”她说。

雅各布从他逗留的窗子旁边昏暗的地方走了出来。灯光照遍他的全身，照亮了他皮肤的每一个旮旯；但是当他坐在那儿看着窗外的花园时，面部的肌肉纹丝不动。

“我想听听你们一路航行的情况。”杜兰特太太说。

“好的。”他说。

“二十年前我们也这样干过。”

“是的。”他说。她严厉地看了他一眼。

“他真是够别扭的，”她心想，同时注意到他如何拨弄着袜子，“可是长得这么出众。”

“那时候……”她接着说道，对他讲他们怎样航行……“我丈夫对航海非常熟悉，因为在我们结婚前他有一条游艇”……然后告诉他他们怎样轻率地无视渔民的意见，“差点付出生命的代价，可是我们是多么为自己感到骄傲啊！”她挥动着拿着毛线球的手。

“要我给你撑着毛线吗？”雅各布生硬地问道。

“你替母亲这样做，”杜兰特太太热切地看了他一眼说，同时把那束毛线给了他，“确实，绕起来容易多了。”

他微微一笑，但是没有说话。

埃尔斯贝特·西顿斯手臂上搭着银色的什么东西在他们身后犹豫着。

“我们想要，”她开口说，“我来是为了……”她停了下来。

“可怜的雅各布，”杜兰特太太静静地说，仿佛她从他出生起就认识他了，“他们打算要你参加他们的演出。”

“我真太爱你了！”埃尔斯贝特跪在杜兰特太太的椅子旁说。

“把毛线给我。”杜兰特太太说。

“他来了——他来了！”夏洛特·怀尔丁大叫道。“我打赌赢了！”

“高处还有一串呢。”克拉拉·杜兰特低声说，又上了一级扶梯。在她伸手去够葡萄藤高处的葡萄时，雅各布把着扶梯。

“够着了！”她把茎剪断，说道。她站在扶梯上，在葡萄叶和串串黄色及紫色的葡萄间，阳光在她身上滑动形成片片斑驳的光影，使她看上去如半透明一般，苍白，无比姣美。沿板壁放着的花盆中种植着天竺葵和秋海棠；西红柿爬上了墙。

“实在需要打掉一些叶子了。”她琢磨道，有一片绿叶像手掌样伸开，旋转着从雅各布的头旁落下。

“我这儿有的已经吃不完了。”他抬跟往上看着说。

“回到伦敦去，”克拉拉开始说，“确实显得有点荒唐。……”

“可笑。”雅各布坚决地说。

“那么……”克拉拉说，“你明年一定得来，好好住一住。”她说，又随手剪下了一片叶子。

“如果……如果……”

一个小孩喊叫着跑过温室。克拉拉提着一篮葡萄慢慢走下扶梯。

“一串白的，两串紫的。”她说着把两片大叶子放在温暖地蜷缩在篮子里的葡萄上面。

“我过得非常快活。”雅各布看着温室，说道。

“是的，很开心。”她含糊地说。

“啊，杜兰特小姐。”他说着拿起那篮葡萄；但是她走过他的身边向温室大门走去。

“你太好了——太好了。”她想道，心里想着雅各布，想着他一定不要说他爱她。不要，不要，不要。

孩子们飞跑过大门，一面往天上高高地扔东西。

“小坏蛋！”她大声说道。“他们拿的是什么？”她问雅各布。

“我想，是洋葱。”雅各布说。他看着他们，没有动。

“明年八月，记住了，雅各布。”杜兰特太太在平台上和他握手，她脑袋后面挂着像鲜红的耳环一样的倒挂金钟。沃特利先生穿着黄色拖鞋从落地长窗旁走了出来，《泰晤士报》耷拉着，非常亲切地伸出手来。

“再见，”雅各布说，“再见，”他重复道，“再见。”他又说了一遍。夏洛特·怀尔丁推开卧室的窗子，高声喊道：“再见，雅各布先生！”

“弗兰德斯先生！”克拉特巴克叫道，一面使劲从他坐的蜂巢形的椅子里解脱出来。“雅各布·弗兰德斯！”

“太晚了，约瑟夫。”杜兰特太太说。

“摆姿势让我照张相还不晚。”艾略特小姐说着把三脚架竖在了草坪上。

5

“其实我认为，”雅各布把烟斗从嘴里拿了出来，说道，“是在维吉尔的作品里。”他把椅子往后一推，走到了窗前。

世界上最莽撞的司机肯定是开邮政车的人。鲜红的邮车大摇大摆地穿过兰姆水道街，在邮筒旁边拐弯的时候差点蹭着马路的镶边石，使那个踮着脚尖寄信的小姑娘抬起头来又害怕又好奇地看着邮车。她的手停在投信口上；然后把信扔进邮筒逃跑了。我们看到踮着脚尖的小孩的时候很少感到同情——更多的是一种模糊的不自在，鞋子里的一小粒不值得费事倒掉的沙子——这就是我们的感觉，因此——雅各布把身子转向了书柜。

很久以前这里生活过伟大的人物，他们午夜过后从宫廷回来时，站在雕花门柱下面，紧裹着缎子衣服的下摆，等着男仆从地上的垫子上起身，匆匆扣上背心下面的扣子，来给他们开门。十八世纪的苦雨冲刷着简陋的房屋。然而，南安普顿路现在主要的突出之处是，你总能在那里看到一个使劲要把乌龟卖给裁缝的男人。“特别能够衬托出粗花呢来，先生；绅士们想要的是某种能引人注目的独特的东西，先生——而且没有坏习惯，先生！”于是他们就展示他们的乌龟。

在牛津街莫迪路口，好像绳子上的红蓝珠子全都堆聚在了一起。公共汽车全堵塞住了。要到市中心去的斯巴尔丁先生看着往牧羊人林去的查尔斯·巴吉昂先生。公共汽车挨得这么近使不同车上靠外面坐的乘客有机会打量彼此的脸。但是很少有人利用这个机会。各人都有自己的事情需要考虑。各人心里都藏着自己的过去，像他熟记在心中的书页；他的朋友只能够看到书名，詹姆士·斯巴尔丁，或是查尔斯·巴吉昂，而往相反方向去的乘客则根本什么也看不到——只能看见“一个有红色小胡子的人”，“一个穿灰色衣服的、吸着烟斗的年轻人。”十月的阳光停留在所有这些一动不动地坐着的男男女女的身上；小约翰尼·斯特金拿着那个神秘的大包裹趁此机会迅速走下楼梯，他躲开车轮拐来拐去地走到了人行道上，开始吹起口哨，很快就不见了踪影——永远地消失了。公共汽车猛地开动了，每个人都因为离自己的目的地近了一点而感到宽慰，虽然有的人用允诺自己以后的放纵——在市中心某个饭店的烟雾腾腾的角落里吃牛排和菜豆布丁，喝酒，或玩骨牌游戏——使自己能够去应付眼前的约会。啊，是的，在霍尔本的公共汽车的上层，当警察举着手臂、太阳晒着你的背的时候，人生还是相当过得去的，如果有着一种人能隐藏起来以适应人自己的壳的话，那么我们在这儿，在泰晤士河岸上的那些大街相交处和圣保罗大教堂找到了它，像蜗牛壳顶的螺环完成了这个壳。雅各布下了公共汽车，懒散地走上台阶，看了看表，最后决心走进门去。……这需要做出努力吗？是的。心情的变化累人得很。

大教堂里面很暗，白色大理石的幽灵出没其间，管风琴永不停息地为其奏着颂歌。如果靴子吱嘎响是很糟糕的，那秩序，那纪律。教堂内部事务管理员拿着节杖把生活熨理得服服帖帖。天使般的唱诗班成员可爱而圣洁。又高又尖的歌声和管风琴的声音不停地飘到大理石像的肩头，在交叉的手指间流动。永远是安魂曲——安息。里德格特太太年复一年地擦洗万全社的办公室的台阶，她累了，在大公爵的墓下坐了下来，两手交叉，半闭上了眼睛。一个让老太太休息的极好场所，就在大公爵的遗骨旁边，她不知道他的功勋，她不知道他的名字，尽管她每次离开时都会向对面的小天使问候，希望自己的坟墓上也有这样的小天使，因为蒙住她心的皮帘子大大地掀开了，关于安息、悦耳的音乐的念头偷偷地溜了出来。……然而黄麻商老斯派塞可没有这些念头。奇怪的是，五十年来他从未进过圣保罗大教堂，尽管从他办公室的窗子看出去就是教堂的墓地。“就这些吗？咳，一个古老阴森的地方。……纳尔逊[1]的墓在哪儿？现在没有时间了——以后再来——往募捐箱里放一枚辅币。……晴天还是下雨？咳，老天爷要是拿定主意就好了！”孩子们闲着没事瞎走了进来——管理员总是劝阻他们——一个又一个……男人，女人，男人，男孩……抬起眼睛往上看，噘起嘴唇，同样的影子掠过同样的面孔；心上的皮帘子大大地掀开了。

从圣保罗大教堂的台阶上，似乎毫无疑问每一个人都奇迹般地能够得到大衣、裙子、靴子，一份收入，一个目标。只有雅各布，手里拿着芬利[2]写的《拜占庭帝国》——这是他在里德盖特山买的——使雅各布看起来有一点与众不同；因为他在手里拿着一本书，他会在九点整的时候坐在自己的壁炉旁打开这本书来研读，而在所有这么多人中没有别人会这样做。他们没有房子。街道是属于他们的；商店；教堂；无数的桌子是他们的；连绵的办公室的灯光；运货车是他们的，还有高跨过街道的铁路。如果你仔细看一看，你会看到三个互相间有一点距离的上年纪的男人沿着人行道驾驶着轻便马车，仿佛大街是他们家的客厅，而在这边，一个女人靠在墙上，茫然地瞪着眼睛，面前放着鞋带，她也不要求你买。那些

1 纳尔逊（1758—1805），英国海军上将，民族英雄。在特拉法尔加战役中击败了拿破仑，保卫了英国。

2 芬利（1799—1875），英国历史学家，以编著希腊史和拜占庭帝国史闻名。

招贴画也是他们的，还有上面的新闻。一个市镇被毁了；一场赛马获胜了。一群无家可归的人在露天转来转去，头顶上只有一块铁锯末和马粪渣颜色的布把他们和蓝天白云隔开。

那边，西布里先生坐在绿荫下，头低在白纸上面，把数字抄写在账簿上，在每一张桌子上你都能看到一堆文件，好像食物一样，是一天的营养品，被勤劳的笔慢慢地吃掉。无数质量符合规定要求的大衣一整天空空地挂在走廊里，但是当时钟敲响六点时，每一件都正确无误地被人穿上，小小的身影分成衣裤套装或裹成厚厚的整体，前倾着身体急促地沿人行道走去；然后便落入黑暗之中。在人行道下面，地面之下，管道里黄色的灯光永远向他们指出这条或那条通路，地下世界里搪瓷牌上的巨大的字母代表着地上世界的公园，广场和圆形广场。“大理石拱门——牧羊人林”——对于大多数人来说这拱门和林永远只是蓝色底子上的白色字母。只有在某个地方——可能是阿克顿，霍洛威，肯沙尔岗，卡里多尼安路——这地名才意味着你购物的商店，以及房子，在其中的一所房子里，靠右边在被截掉树梢的树从铺路石的缝里长出来的地方，有着一扇挂着窗帘的方窗子，和一间卧室。

日落很久以后，一个瞎老太太坐在一张折叠凳上，背靠着伦敦和史密斯银行的石墙，紧紧搂着一只棕色的杂种狗大声唱着，不是为了乞讨铜板，不是的，歌声出自她快乐放纵的内心深处——她那罪孽深重的、被鞭笞的心——因为来接她的那个孩子是个私生女，她应该拉上窗帘，上床睡觉，而不是在灯光下听她母亲那放纵的歌声，她背靠银行坐着，怀里抱着狗，高唱着，不是为了乞讨铜板。

她们回家去了。教堂灰色的尖顶接纳了她们。古老的城市，陈旧、邪恶、宏伟、壮丽。一个又一个尖顶，或圆或尖，或直戳天空，或聚集在一起，像航行的船只，像花岗石崖，尖顶和办公室，码头和工厂拥挤在岸边；朝拜者无休止地跋涉；满载的驳船停泊在河心；有些人相信，这座城市喜爱自己的堕落者。

但是似乎很少人能够接受到这个程度。在所有离开歌剧院拱门的马车中，没有一辆拐弯向东去的，当那个小毛贼在空空的市场被抓住的时候，没有一个身穿黑白或玫瑰红晚礼服的男女停下马车，阻塞交通，把手放在车门上或帮助或谴责——虽然，公道地说，查尔斯夫人在走上楼去，摘下首饰时悲伤地叹着气，一直到她的脑子在钻入世事之复杂性而迷糊起来时才睡着。“为什么？为什么？为什么？”她叹道。总的来说，最好从歌剧院步行回家。疲劳是最保险的安眠药。

正是秋天的全盛时期。特里斯坦一个星期两次把小毛毯拉到腋下；绮瑟[1]奇迹般地和乐队指挥的指挥棒节拍一致地挥舞着她的头

1 特里斯坦和绮瑟，著名的中世纪爱情传说中的两个主要人物，后被瓦格纳改编成一部歌剧于1865年在慕尼黑首演。

巾。在剧院的所有地方都能看到红扑扑的脸蛋和闪闪发光的胸部。当女王的手从看不见的身体上伸出来，拿走了放在小台上的有红白色鲜花的花束时，英国女王似乎是一个值得为之牺牲的名字。温室里的那种美（并不是最糟的）在一个又一个包厢里开放着；虽然没有说什么深刻重要的话，虽然一般都认为自沃波尔[1]死后如珠妙语就不再出自美丽的嘴唇——反正当维多利亚女王穿着睡衣走下楼来接见她的大臣的时候，嘴唇（通过观剧用小望远镜看到）依然是红润的，可爱的。手拿金头手杖的、秃顶的、高贵的先生们，沿着正厅前座间铺着红地毯的过道悠闲地走来，只是在灯光暗下去后才停止了和包厢间的交流，指挥先向女王鞠躬致意，然后向秃顶的先生们致意，随后转身举起了指挥棒。

然后，在半明半暗中，两千颗心回忆着，期待着，走过幽暗的曲径；克拉拉·杜兰特和雅各布·弗兰德斯道别，品尝到了象征中死亡的甜蜜；杜兰特太太坐在她身后包厢的暗处，严厉地叹着气；坐在意大利大使夫人后面的沃特利先生微微移动了一下位子，觉得布兰根娜嗓子有点哑；在顶层楼座高出他们头顶许多英尺的地方高坐着爱德华·威特克，偷偷摸摸地用手电照着他的小型记录；还有……还有……

1 沃波尔（1717—1797），英国作家。

总之，仔细观察的人会被观察到的事物噎得透不过气来。就是为了使我们不至于被混乱所淹没，自然和社会一起安排好了极为简单的一个分类制度；正厅前排，包厢，半圆形梯形楼座，顶层楼座。每晚这些不同类别的模子里都坐满了人。没有必要再区别细节了。但是困难仍然存在——你需要做出选择。因为尽管我并不希望成为英国女王——或者只当一小会儿——我会很愿意坐在她的旁边；我会听见首相的闲谈；伯爵夫人的悄悄话，分享她对厅堂和花园的回忆；毕竟，上流社会的强有力的外表掩盖了他们的礼教习俗；否则为什么如此难以渗透进去呢？而当你脱去自己的帽子时，多么奇怪，片刻间会想象这是别人的帽子——任何人的帽子——想象自己是个统治帝国的勇猛人物；当布兰根娜唱着索福克勒斯[1]作品的片段的时候联想到，或当牧羊人吹起风笛的时候刹那间看到桥梁和导水管道。但是，不，我们需要做出选择。这个需要是最为难办的！也包含着最大的痛苦和最可能产生的灾难；因为无论我坐在什么地方，都会在放逐中死去：威特克在他的寄宿处；查尔斯夫人在她的庄园宅第里。

一个有着威灵顿公爵式的鼻子的年轻人坐在票价为七先令[2]六便

1 索福克勒斯（约公元前496—前406），古希腊三大悲剧诗人之一。
2 先令，英国旧货币单位，二十先令为一英镑，十二便士为一先令。

士的座位上，歌剧结束后他走下石头楼梯，似乎仍沉浸在音乐的影响之中，因而和其他观众之间仍有着一些距离。

午夜时，雅各布听见有人敲他的门。

“哎呀！”他惊呼道。“我正需要你呢！”于是他们毫不费力地找到了他一整天都在寻找的诗句；只不过不是在维吉尔的作品里，而是在卢克莱修[1]的作品里。

“是的，这应该能够引起他的注意。”雅各布停止朗读时博纳米说。雅各布很激动。这是他第一次朗读他的文章。

“该死的猪猡！”他过于放肆地说道。但是这赞扬使他飘飘然起来。里兹大学的布尔蒂尔教授发表了威彻利[2]剧作的一种版本，没有说明他把好几个粗鄙的词和短语给删掉、除去其内容或只用星号表示。雅各布说这太蛮不讲理了，是不守信用的行为，百分之百的假正经，标志着淫荡的头脑和令人憎恶的本性。引用了阿里斯托芬[3]和莎士比亚，批判了现代生活。伟大的剧作出自专家之手，里兹作为传授知识的所在地被大加嘲笑。而使人惊讶的是，这些年轻人完全正确——使人惊讶，因为在雅各布抄写他的文章时，他就知道不会有人登载的；确实，《半月刊》《当代》《十九世纪》都把稿子退了

1 卢克莱修（约公元前93—前50），拉丁诗人和哲学家。

2 威彻利（1640—1716），英国剧作家。

3 阿里斯托芬（约公元前450—前380），古希腊最著名的喜剧作家。

回来——雅各布把稿子扔进了他放母亲的来信、他的旧法兰绒裤子和一两封盖着科尼什邮戳的短信的黑木箱子里。

这只还能看得出用白漆在上面写了他的名字的黑木箱子放在客厅的两扇长窗之间。下面就是大街。卧室肯定在后面。家具——三把柳条椅和一张折叠式桌子——是从剑桥来的。这些房子（加尔非特太太的女儿怀特霍恩太太是这栋房子的房东）大约是在一百五十年前盖的。房间匀称美观，天花板很高；门道上方的木头上雕刻着玫瑰花或公羊头。十八世纪有自己的突出之处。就连墙上漆成木莓色的镶板也有自己的突出之处。……

"突出"——杜兰特太太说雅各布·弗兰德斯"一表人才"。"极其笨拙，"她说，"但真是一表人才。"第一次见到他时，人们会感到这个形容无疑对他是极恰当的。他躺在椅子里，从嘴里拿出烟斗，对博纳米说："现在说说这个歌剧。"（因为他们有关粗鄙词语方面已经发表完看法了）"这个瓦格纳[1]吧"……自然，他们使用的词汇之一是突出，然而，要是看他的样子，你会发现很难说他在歌剧院里的位子在什么地方，正厅前排、顶层楼座，还是花楼？是个作家？他缺乏自我意识。是个画家？他的手的形状（他母亲一边是个极其古老而默默无闻的家族）显示出他具有品位。他的

1 瓦格纳（1813—1883），19世纪后期德国主要作曲家、音乐戏剧家。

嘴——可是，在所有徒劳无益的工作中，肯定这种将五官分类是最糟的了。一个字就够了。可是假如你找不到这个字呢？

“我喜欢雅各布·弗兰德斯，”克拉拉·杜兰特在日记中写道，“他是这样没有世俗气。他不摆架子，你想和他谈什么都可以，尽管他让人害怕，因为……”但是莱茨先生一先令一本的日记本里留的空很少。克拉拉不是个占用星期三的地方的人。一个最谦卑，最坦诚的女人！“不，不，不，”她站在温室门口叹道，“不要破坏——不要毁坏”——什么？极端美妙的什么东西。

可是，这只不过是一个年轻女子的语言，而且还是一个在爱着，或者说抑制着不去爱的年轻女子。她希望这个时刻就像那个七月的早上一样永远继续下去。而时刻是不可能继续的。比如说，现在雅各布在讲关于他徒步旅行中的故事，那个小旅店叫“起泡沫的壶”，考虑到女老板的名字……他们大喊大笑。这个玩笑很粗鄙。

这时朱丽亚·艾略特说：“沉默的年轻人。”由于她常和首相们共进晚餐，无疑她的意思是：“如果他想要有所作为，他就得开口说话。”

蒂莫西·杜兰特对此从来没有做过评论。

女佣发现自己得到了很慷慨的奖赏。

索普威斯先生的意见和克拉拉的一样感情用事，只是表达上要巧妙得多。

贝蒂·弗兰德斯对阿切尔充满了浪漫的感情，对约翰很温柔体贴；她对雅各布在家里的笨拙感到莫名其妙地恼火。

巴富特上尉在男孩子里最喜欢他，但是至于说到原因嘛……

看来似乎男人和女人都有同等的错误，似乎对于我们的同类有个深刻、不带偏见和绝对公正的意见是件闻所未闻的事情。我们不是男人，就是女人。我们不是冷漠，就是感情用事。我们不是年轻，就是越来越老。总之生活只不过是一连串的影子，上帝才知道我们为什么如此迫切地去拥抱它们，怀着这样的痛苦看到它们离去，既然它们只是影子而已。如果这一点以及其他都是确实的，那么为什么当我们在窗子角落里，在想象中突然看到椅子里的那个年轻人是世上所有一切中最真实、最实在、最为我们所了解的，我们还会感到吃惊呢——到底为什么呢？因为过了此刻，我们对他一无所知。

这就是我们认知的方式。这就是我们爱的状态。

（“我二十二岁。十月已经快要过去了。生活极度愉快，尽管令人遗憾地存在着大量的傻瓜。一个人必须致力于某项事业——上帝才知道是什么事业。一切确实都非常快活有趣——只有早上起床和穿燕尾服除外。”）

“我说，博纳米，那贝多芬呢？”

（“博纳米是个令人惊异的家伙。他几乎什么都知道——对英国文学知道得并不比我多——可是他读了所有那些法国人的作品。”）

“我怀疑你在胡说，博纳米。不管你怎么说，可怜的老丁尼生[1]……”

（“实际是，当初应该教我们法语。想来现在老巴富特在和母亲谈话。毫无疑问他们之间是个奇怪的关系。可是我不能在那里见博纳米。该死的伦敦！”）因为这时市场的运货马车正隆隆驶过街头。

“星期六去散散步如何？”

（“星期六有什么事吗？”）

然后他拿出了袖珍笔记本，放心地看到杜兰特家的晚会是在下个星期。

尽管这一切很可能是真的——雅各布这样想也这样说了——于是他交叉起两腿——把烟斗装满烟叶——呷了一口威士忌，看了一眼袖珍笔记本，一面乱揉着自己的头发，还剩下点只有雅各布自己才能传达给另一个人的什么东西。况且，这里面的一部分不是雅各布，而是理查德·博纳米——这房间；市场的运货马车；这个时

1 丁尼生（1809—1892），英国维多利亚时代最杰出的诗人。

间；历史上的这个时刻。再考虑性的作用吧——它起伏不定地悬在男女之间，因而这里一个谷，那里一个峰，其实也许一切都和我的手掌一样平。就连具体的词都会被读错重音。但是总有什么东西驱使你在这个神秘之洞的口上像只大蛾子般发出颤动的嗡嗡声，赋予雅各布·弗兰德斯各种他根本不具备的品质——因为他虽然确实是坐在那里和博纳米说话，有一半话却单调无味，不值得重复；有许多难以理解（关于不认识的人和议会）；剩下的主要靠猜测。然而我们颤动着围着他。

“是的，”巴富特上尉说，一面在贝蒂·弗兰德斯的炉旁铁架上敲烟斗灰，扣上了大衣，“这使得工作加了一倍，不过我不在乎。”

他现在是市议会的议员了。他们看着夜色，和伦敦的夜色是一样的，只是要透明得多。城里教堂的钟声正敲响十一点。风从海上吹来。所有卧室的窗户都是漆黑的——佩奇家的人睡了；加菲特家的人睡了；克兰奇家的人睡了——而在伦敦，这时他们正在议会山上焚烧盖·福克斯[1]。

1 盖·福克斯（1570—1606），英格兰火药阴谋中的关键人物。当时英格兰的天主教徒企图在国会开会时将詹姆斯一世及其主要大臣炸死。后因事泄被捕，在国会大厦对面被处死。现每年十一月五日为盖·福克斯日，以燃放焰火、烧篝火以及焚烧小人像等进行纪念。

6

火焰已经烧起来了。

“那儿是圣保罗大教堂！”有人喊道。

木块燃着后，片刻之间伦敦城被照亮了；在篝火的其他几面有树。被火光生动鲜明地照亮、仿佛用红黄两色画出来的那些脸中，最突出的是一个姑娘的。由于火光造成的幻觉，她好像没有身子。长圆的脸和头发背衬着一片黑色的真空悬在火旁。火光似乎使她茫然，她那蓝绿色的眼睛凝视着火焰一动不动。脸上的每一块肌肉都绷得紧紧的。她这凝视的样子里有着某种悲哀——她年纪在二十岁到二十五岁之间。

一只手从光影交错的黑暗中伸下，往她的头上扣了一顶小丑戴的白色圆锥形帽子。她摇动脑袋，仍然凝视着。一张有小胡子的脸出现在她上方。他们把两条桌子腿和一些树枝树叶加进火堆。这些全都烧了起来，照亮了后面很远处的脸，圆的，苍白的，光滑的，有胡子的，有的戴着宽边低顶的毡帽；所有的脸都热切专注；也照亮了飘浮在飘忽不定的白色薄雾中的圣保罗大教堂，以及两三个窄窄的、纸一般白的、灭火器形状的尖顶。

火焰挣扎着从木块间蹿了上来，正熊熊燃烧着，突然，天晓得从什么地方一桶桶的水泼进了像磨得发亮的龟壳般美丽的凹陷处。泼了一桶又一桶，直到火堆发出咝咝声，活像一群蜜蜂，所有的脸都消失了。

“啊，雅各布，”当他们脚步沉重地在黑暗中走上山去时，那个姑娘说，“我觉得难过极了！”

从别人那里传来了笑声和叫喊声——有的高，有的低；有的在前，有的在后。

旅馆的餐厅里灯火通明。桌子的一端放着一个石膏牡鹿头像；另一端是某个古罗马人的半身像；上面涂上了黑色和红色用以象征盖・福克斯，这是他的纪念日。一段段纸做的玫瑰花把就餐者连了起来，因此到他们交叉拉着手唱“友谊地久天长”的时候，一条粉红和黄色的线围着整个桌子起伏。有很响的敲击绿色玻璃酒杯的声音。一位年轻的先生站起身来，弗洛林达从桌子上拿起一只浅紫色的球形玻璃杯向他的头笔直地扔了过去。杯子摔得粉碎。

“我觉得难过极了！”她说，转身面对着坐在她旁边的雅各布。

桌子好像安在看不见的腿上跑到了房间的一侧，一台用红布和两盆纸花装饰起来的手摇风琴不停地奏出华尔兹舞曲。

雅各布不会跳舞。他靠墙站着吸烟斗。

“我们觉得，”两个跳舞的人离开了其余的人在他面前深深地鞠了个躬，说道，“你是我们见到过的最漂亮的男人。”

于是他们用纸花做成花环戴在他的头上。这时有人端出了一张白色和金色的椅子，让他坐在上面。大家经过他的时候把玻璃葡萄挂在他的肩上，直到他活像一条遇难的船的船头雕饰。后来弗洛林达坐到了他的腿上，把脸藏在他的背心里。他用一只手搂着她，另一只手拿着烟斗。

“现在让我们谈点什么，”雅各布说，这是十一月六日凌晨四五点钟，他挽着蒂米·杜兰特的胳膊正走下哈佛斯多克山，“有意义的事吧。”

希腊人——是的，这就是他们谈到的——说到底，当你在嘴巴里把世界上所有的文学，包括中国文学和俄罗斯文学（可是这些斯拉夫人不是文明人）在内，都过了一遍以后，只有希腊文学余味无穷。杜兰特引了埃斯库罗斯[1]——雅各布引了索福克勒斯。确实，没

1 埃斯库罗斯（公元前525—前456），古希腊三大悲剧家之一。

有希腊人能够听得懂，教授也不予指出——没关系；如果不是为了在黎明时分在哈佛斯多克山上大声喊出来，为什么要学希腊语呢？何况，杜兰特从来没有听过索福克勒斯，雅各布也没有听过埃斯库罗斯。他们自负，扬扬得意；两个人似乎都觉得他们读过了世界上每一本书，熟悉每一种罪孽、激情和快乐。世界的文明就在他们四周，像可供他们采摘的鲜花。岁月如适于航行的海水拍打着他们的双脚。他们环视着在雾中隐隐出现的这一切，灯光、影影绰绰的伦敦，这两个年轻人的决定是，他们喜欢希腊。

“很可能，”雅各布说，“我们是世界上唯一的两个知道希腊意味着什么的人。”

他们在一个小摊上喝咖啡，那里的咖啡壶擦得锃亮，沿柜台点着一溜小灯。

摊主以为雅各布是位军人，便对他讲起自己在直布罗陀的儿子，雅各布咒骂英国军队，赞扬威灵顿公爵。于是他们继续谈论着希腊走下山去。

真是件奇怪的事情——你琢磨一下——这种对古希腊的热爱，在这样无名之辈身上发展，受到歪曲、阻挠，然而却会突然蹿出来，特别是在离开拥挤的房间，或在过量的阅读之后，或当月亮飘浮在波浪起伏的小山丘上，或生活在空虚、灰黄、徒劳的伦敦的日子里的时候，它就像一种特效药，一片纯净的刀片，永远是个奇迹。雅各布掌握的希腊语只够勉强看剧本。对于古代历史他一无所知。然而，当他步行回到伦敦的时候，他似乎感到他们的脚步声正响彻在通向雅典卫城[1]的石板路上，而且如果苏格拉底[2]②看见他们到来的话，他会动动身子，说："我的好伙计们。"因为整个雅典的思想感情完全符合他的心意：自由，富于冒险性，精神昂扬。……她没有征求他的同意就叫他雅各布了。她坐在了他的腿上。在古希腊时代所有的好女人都是这样做的。

这时，一阵颤抖的、哆嗦的、悲惨的哀悼声抖动着进入了空中，这声音似乎缺乏使自己展开的力量，然而仍摇动着向前。听到这个声音，后街上的门突然打开了，工人们脚步笨重地走了出来。

弗洛林达恶心想吐。

杜兰特太太和平时一样睡不着觉，在《地狱篇》[3]某几行的旁边打上了一个记号。

1　卫城，古希腊城邦兼有防卫性质的中心区域，多建于山顶。雅典卫城是最著名的一座，建于公元前 5 世纪中叶。

2　苏格拉底（约公元前 470—约前 399），古希腊三大哲人中的第一位，与柏拉图、亚里士多德共同奠定了西方文化的哲学基础。

3　《地狱篇》，但丁所著《神曲》的第一部。

克拉拉头埋在枕头里睡着了。梳妆台上放着散乱的玫瑰花和一副白色长手套。

弗洛林达恶心想吐，头上仍戴着那顶白色圆锥形的小丑帽。

卧室似乎和这类灾难正好般配——低级，芥末黄色，是半阁楼、半工作室式公寓，奇怪地用银纸星星、威尔士女人戴的帽子和挂在墙挂煤气灯管上的念珠坠装饰起来。至于弗洛林达的故事嘛，她的名字是一个画家给她取的，画家希望这象征她的处女之花[1]尚未被摘下。不管怎么说吧，她没有姓，至于父母，她只有一张墓碑的相片，她说她的父亲就埋葬在这下面。有时候她会仔细琢磨墓的大小，因为谣传弗洛林达的父亲死于无法遏止的骨骼增长病；正如谣传说她的母亲得到一个皇家大师的信任，有时弗洛林达本人会是个公主，但是主要在喝醉以后。她被抛弃了，加上长得很漂亮，有一双哀伤的眼睛和孩子般的嘴唇，她比一般女人更多地谈到处女的贞操；据她和他谈话的那个男人说，她说只是在前一天晚上才失去了贞操，或者说她比珍视胸中的心脏还要更加珍视贞操。可是她是不是总是和男人谈话呢？不是的，她有自己的密友：斯图尔特大妈。斯图尔特，正如这位女士会指出的那样，是一个皇室家族的姓。但

1 弗洛林达，与“花”一词同词根。

是没有人知道这说明什么、她的职业是什么，只知道斯图尔特太太每星期一上午收到一张邮政汇票，养着一只鹦鹉，相信灵魂转世，能够用茶叶算命。这个女人是租住屋里的脏墙纸，弗洛林达贞洁的背后就是她。

现在弗洛林达在哭泣，一整天在街上乱转，站在切尔西望着河水流去；慢吞吞地走在商业区的街道上；在公共汽车上打开手袋往脸上搽粉；把情书靠放在电影院小卖部的牛奶罐上阅读；在糖罐里发现了玻璃碴；指责说女招待想毒死她；宣称年轻男人瞪着看她；黄昏时分发现自己漫步走在雅各布住的街上，使她突然想起比起卑鄙的犹太人来，她更喜欢那个男人雅各布，她坐在他的桌子旁（他正在抄写他的关于从伦理角度看粗鄙词语的文章），脱下手套，对他诉说斯图尔特大妈怎样用茶壶保暖套打她的头。

雅各布相信她说的她很贞洁。她坐在火旁絮絮叨叨地谈着著名的画家，也提到了他父亲的墓。她看上去狂热、脆弱、美丽，古希腊作品中的女人就是这样的，雅各布心里想；这就是生活；他自己是个男子汉，弗洛林达是贞洁的。

她胳膊下夹着雪莱的一部诗集离开了。她说斯图尔特太太常常谈起他。

天真无邪的人真是妙极了。去相信这个姑娘本人超越了一切谎言（因为雅各布还没有傻到绝对相信的地步）；去羡慕地想象着漂泊无定的生活（相比之下他自己的生活显得驯服），甚至与世隔绝——手中掌握着阿多尼斯[1]和莎士比亚的剧作作为灵魂上一切疾病的特效药；去设想出一种友谊，在她身上是生机勃勃的，在他身上是具有保护性的，然而双方是平等的，因为女人，雅各布想道，和男人是一样的——像这样的天真无邪的念头真是够美妙的，而且也许并不那么傻。

当弗洛林达那晚回到家里以后，她先洗了头；然后吃奶油夹心巧克力；然后打开了雪莱的诗集。真的，她觉得一点意思也没有。诗里究竟写的是什么？她不得不和自己打赌，不翻过一页就不吃另一块奶油夹心巧克力。事实上她睡着了。可是毕竟对她来说这是很长的一天，斯图尔特大妈又向她扔了茶壶保暖套；——大街的景象令人生畏，尽管弗洛林达像猫头鹰一样无知，而且永远连正确地读情书的水平都达不到，她还是有自己的感情的，更加喜欢某些男人，并且完全听任生活摆布。她究竟是不是个处女这件事似乎毫不重要。当然，除非这是唯一具有任何价值的东西。

她离开他以后雅各布感到坐立不安。

男男女女整夜闹哄哄地按着熟悉的节拍跳个不停。晚归的人即

---

1 阿多尼斯，是希腊神话中掌管每年植物死而复生的一位非常俊美的神。雪莱在济慈去世后写的同名田园挽歌，写于1821年，不仅是对个人的悼念，更是对生活在充满敌意的世界中的诗人的命运的悲叹。

使在最体面的郊区也能在窗帘上看到跳舞的人影。不论雾天雪地，没有哪个广场上没有对对欢爱中的男女。所有的剧都围绕着这同一主题开展。为了这个原因，几乎每夜在旅馆的卧室里都有子弹穿过人头。当身体逃脱肢残体缺的命运时，心灵在进入坟墓时却很少不是伤痕累累的。在剧院中和通俗小说里很少谈及别的事情。然而我们却说这事根本毫不重要。

而在莎士比亚和阿多尼斯，莫扎特和贝克莱[1]里——随便你愿意选哪一个——这种事情是掩盖着的，我们大多数人的夜晚都过得很可尊敬，或最多只产生像蛇滑过草丛时那样的颤抖。可是掩盖本身会分散头脑对文字和音乐的注意。如果弗洛林达有头脑的话，她可能在阅读时看得比我们清楚。她和她那样的人解决了这个问题，办法是把它看作每晚上床前洗洗手这样的小事一桩，唯一的难处是你喜欢热水还是冷水，这个问题解决后，头脑就可以不受干扰地去干自己的事了。

但是雅各布晚饭吃到一半的时候确实突然琢磨起来，她究竟是否有头脑。

他们坐在饭馆的一张小桌旁。

1 贝克莱（1903—？），英国作曲家，其作品富有古典色彩。

弗洛林达把胳膊肘支在桌子上，两手托着下巴。她的披风滑到了身后。她戴着闪亮的黄色和白色的珠子出现，脸像一朵从身体上开放出来的花，纯洁，几乎没有染上任何颜色，眼睛坦诚地环顾四周，或逐渐停在雅各布身上，留在了那儿。她说道：

“你知道那个澳大利亚人好久好久以前留在我房间里的那只大黑箱子吗？……我确实觉得毛皮衣物使女人显老。……刚进来的那个人是贝希斯泰因。……我在琢磨你小的时候是什么样子，雅各布。”她小口咬着面包卷，看着他。

“雅各布，你像一座雕像。……我觉得大英博物馆里有非常美的东西，你说是吗？好多很美的东西……”她神情恍惚地说道。房间开始坐满了人，里面越来越热。在饭馆里说话像茫然的梦游者在说话，有这么多东西可看——这样嘈杂——别的人在说话。能偷听到别人的话吗？啊，可是他们可不能偷听我们的话。

“那人像爱伦·内格尔——那个姑娘……”诸如此类的话。

“认识你以后我特别快活，雅各布。你真是个好人。”

房间越来越满；说话声音更响；刀叉碰撞声更大。

“哦，你知道她说那样的话的原因是……”

她停住了。所有的人都停住了。

“明天……星期日……糟透了……你对我说……那就走！”哐啷！她一阵风地走了出去。

是他们旁边的那张桌子声音越来越响。突然那女人把盘子往地上摔去。剩下男人在那儿。所有的人都瞪着他看。然后——“哦，可怜的家伙，我们不应该坐着瞪着他看。真够糟糕的！你听见她说的话了吗？天哪，看他那副傻样！看来是没能达到要求。瞧那一桌布的芥末。服务员都在笑。”

雅各布观察着弗洛林达。他感到她脸上表现出某种可怕的愚昧——当她坐在那儿瞪着眼睛看的时候。

她一阵风地走了出去，那个帽子上的羽毛跳动着的黑人女子。

可是她得到个什么地方去。夜晚并不是波涛汹涌的黑色海洋，你可以像一颗星星样任意沉浮其中。事实上，这是十一月的一个雨夜。索霍区的路灯在人行道上投下巨大的湿漉漉的光斑。小街上很黑，使得靠在门道里的男人或女人能够不易被发现。当雅各布和弗洛林达走近时，一个女人离开了门道。

“她手套掉了。”弗洛林达说。

雅各布继续向前走着，一面把手套拾起给她。

她对他谢了又谢，顺原路走去，手套又掉了。为了什么？为了谁？

这当儿，另外那个女人到哪儿去了？还有那个男人呢？

街灯的亮光照得不够远，所以我们不知道。各种各样的声音，怒冲冲的，色眯眯的，绝望的，激情的，都只不过如夜晚笼中兽发出的声音。只是他们没有被关在笼子里，也不是野兽。让一个男人停下，向他问路，他会告诉你，但是你害怕向他问路。你怕的是什么？——人的眼睛。人行道马上会变窄，鸿沟变深。看！他们融了进去——男人和女人都融了进去。再往前，一家供膳食的寄宿屋公然宣传其值得称赞的可靠性，在没有窗帘的窗子里面展示它伦敦高尚道德的证明。他们坐在竹椅子里，衣着如绅士淑女，灯光清清楚楚地照出他们。商人的寡妇费力地证明她们和法官是亲戚。煤炭商的妻子们立即反击说她们的父辈家里有马车夫。一个仆人端来了咖啡，于是不得不把放钩针编织品的篮子挪开。如此等等，然后又走进了黑暗之中，在这儿经过一个卖身的女子，那儿一个只有火柴可卖的老妇，经过从地铁涌出来的人群，蒙着头发的女人，最后没有人了，经过的只是关闭着的大门，雕花的门柱，和孤零零的警察。雅各布挽着弗洛林达回到了他的房间，他点上了灯，一句话也没有说。

“你那个样子的时候我不喜欢你。”弗洛林达说道。

这是一个无法解决的问题。躯体是和大脑相连的。美貌总是和愚蠢并存。她坐在那儿像刚才凝视着打碎的芥末罐一样凝视着炉火。尽管他为粗鄙辩护，雅各布怀疑自己是否会喜欢赤裸裸状态下的粗鄙。他对男性社交、与世隔绝的房间，以及古典文学有一种强烈的回归感；他随时会对塑造赤裸裸粗鄙生活的无论什么人表示极大的愤怒。

这时弗洛林达把手放在了他的膝盖上。

毕竟这不是她的错。但是这想法使他难过。不是灾难、凶杀、死亡、疾病使我们衰老，夺去我们的生命；是人们看、笑和跑上公共汽车的样子。

不过任何借口对于一个愚蠢的女人都是有用的。他对她说他头痛。

但是当她沉默地、半猜测、半理解，也许还带着歉意看着他的时候，总之像他说过的那样说着“这不是我的错”的时候，亭亭玉立的漂亮身体，戴着帽子的脸像贝壳，这个时候他明白了与世隔绝的房间和古典文学一点用处也没有。这是一个无法解决的问题。

7

大约这个时候，一个和东方进行贸易的商家在市场上投放了沾水就开的小纸花。由于当时在饭后有使用放在餐桌上的小盆洗手指的习惯，人们发现这个新发明非常有用。这些五颜六色的花漂浮在这遮蔽良好的湖面上；覆盖在平滑的波浪上，有时沉没，像卵石般躺在玻璃盆底。热切而美丽的眼睛注视着它们的命运。这无疑是个伟大的发现，会导致心心相印和建立家庭的基础。纸花起的正是这个作用。

然而不应该认为它们取代了自然界的鲜花。特别是玫瑰、百合、康乃馨，从花瓶沿上向外观望，审视着它们人工制造的亲属那光辉的生命和迅速的死亡。斯图尔特·奥蒙德先生正是这样说的，认为这话说得很有魅力，凭借着这一点，六个月后基蒂·克拉斯特嫁给了他。但是永远不能没有真花。如果能够的话，人生就会完全不一样了。因为花会谢去，菊花最容易谢了，一夜好好的，第二天早上发黄发蔫——看不得了。总的说来，尽管价钱贵得造孽，康乃馨是最合算的；——不过问题是，用金属丝把它们穿起来是不是明智之举。有的花店建议这样做。毫无疑问，要摆在舞会上这是唯一的办法；但是，除非屋子非常热，在宴会上是否需要这样做，这一点一直存在分歧。坦普尔老太太以前推荐用常春藤叶子——只要一片——放在花瓶里。她说这能使水很多天都保持纯净。但是有理由相信坦普尔老太太错了。

然而那些印上了名字的小名片却是个比花要严重的问题。累坏了更多的马腿，销蚀去了更多马夫的生命，更多午后美好的时间被白白浪费掉了，比使我们赢得滑铁卢之战所用去的时间还要多，而且还要为此付出代价。这些小鬼似的名片引起了和滑铁卢之战同样多的缓和、灾难和焦虑。有时博纳姆太太刚出门；有时她又在家。但是，即使取代了名片——这看起来不大可能——依然有难以控制的力量吹起生活中的风暴，搅乱勤奋的上午，一扫下午的安定——也就是说，到做女服的裁缝店和糖果店去的计划。六码丝绸能够遮盖一个身体；但是如果你得设计出六百种样子来，以及两倍于此的颜色呢？——而且在半中间还有布丁的问题急需解决，那用一簇簇绿色奶油和杏仁糊堆叠装饰的布丁还没有送来呢。

火烈鸟般的橘红色轻柔地飘过天空，最后总是收起翅膀落入沉沉的黑夜之中，比如诺丁山，或克莱肯维尔的近郊。难怪意大利艺术仍具有神秘性，钢琴总是奏着同一首奏鸣曲。为了给六十三岁的寡妇佩奇太太买一双弹力长袜，因为收到五先令的不住在贫民院的贫民补助，以及让她从唯一的在麦基家开的染厂里干活、冬天胸口总不舒服的儿子那里得到帮助，克拉拉就需要写信、填表，信和表上的字体和在莱茨先生卖的日记本里记下天气如何好，孩子们淘气无比，雅各布·弗兰德斯没有世俗气的字体一样，朴素浑圆。克拉拉·杜兰特买来了长袜，弹了奏鸣曲，给花瓶插满了花，取来了布丁，留下了名片，当发现了可以漂浮在餐桌上洗手指的小盆里的纸花这个伟大发明后，克拉拉是对于它们的短促的生命感到最为惊奇的人们中的一个。

也不缺少歌颂这一主题的诗人。比如埃德温·马莱特写了这样结尾的诗：

在克洛的眼睛里读到了它们的灭亡。

克拉拉第一次读时脸红了，第二次读时笑了，说他就是那样的，不用她的名字克拉拉而把她叫作克洛。可笑的年轻人！但是在一个雨天的上午十点和十一点钟之间，当埃德温·马莱特把自己的一生献给她的时候，她跑出房间去藏在自己的卧室里，楼下的蒂莫西因为她的啼哭整个上午都没法工作。

“这就是享受快活的结果。”杜兰特太太审视着上面记的全是同一个名字的缩写的跳舞单，严厉地说，其实，这回是不同的缩写，是R.B.——理查德·博纳米，那个长着威灵顿公爵式鼻子的年轻人——而不是E.M.——埃德温·马莱特。

“可是我永远不可能嫁给一个长着那样鼻子的人。”克拉拉说。

“胡说。”杜兰特太太说。

“不过我太严格了。”她心里想道。因为克拉拉失去了轻松愉快的心情，把跳舞单撕碎扔进了火炉围栏里。

这就是发明出漂在洗手指的小盆里的纸花的十分严重的后果。

“请你不要介绍我，”朱丽亚·艾略特说，她站在几乎对着门的窗帘旁，“我喜欢从旁看着。晚会上有意思的是，”她继续对萨尔文先生说，因为萨尔文先生腿瘸，给了他一张椅子坐着，“晚会上有意思的是看人——进进出出，进进出出。”

“上次我们见面，”萨尔文先生说，“是在法夸尔家。可怜的夫人！可够她受的。”

“她看上去很可爱，不是吗？”克拉拉·杜兰特走过他们身边的时候，艾略特小姐大声说道。

“哪一个？……”萨尔文先生压低了声音，用探询的口气问道。

“有那么多个……”艾略特小姐答道。三个年轻人站在门口，环顾四周寻找女主人。

“你不像我那样，”萨尔文先生说，“记得伊丽莎白在班柯里跳苏格兰双人舞的样子。克拉拉缺少她母亲的精神劲。克拉拉要软弱一些。”

“在这儿能看见多么不同的人啊！”艾略特小姐说。

“幸亏我们不受晚报的影响。”萨尔文先生说。

“我从来不看晚报。”艾略特小姐说。“我对政治一无所知。”她补充道。

“钢琴音调很准，”克拉拉走过他们身边时说，“可是我们也许要请谁替我们把钢琴挪一挪。”

“他们要跳舞吗？”萨尔文问道。

“不会有人打搅你的。”杜兰特太太经过时断然说道。

“朱丽亚·艾略特。是朱丽亚·艾略特！”希伯特老夫人说着把两只手都伸了出去。“还有萨尔文先生。时局会怎么样，萨尔文先生？以我所有的在英国政治方面的经验——亲爱的，我昨晚还想到你的父亲呢——他是我的老朋友之一，萨尔文先生。你千万不要对我说十岁的女孩子不可能有爱！我不到十来岁就熟记所有莎士比亚的作品了，萨尔文先生！”

“是吗？”萨尔文先生说。

“没错。”希伯特夫人说。

“啊，萨尔文先生，真对不起……”

“如果你能帮我一把，我可以挪个地方。”萨尔文先生说。

“你将坐在我母亲旁边，”克拉拉说，“似乎所有的人都到这儿来了。……卡尔索普先生，我给你介绍，这位是爱德华兹小姐。”

“你圣诞节要离开吗？”卡尔索普先生说。

“如果我的兄弟有假的话。”爱德华兹小姐说。

“他在哪个团？”卡尔索普先生问。

“第二十轻骑兵团。”爱德华兹小姐说。

“也许他会认识我的兄弟？”卡尔索普先生说。

“恐怕我没有听清你的名字。”爱德华兹小姐说。

“卡尔索普。”卡尔索普先生说。

“但是有什么能证明婚礼确实举行过了？”克洛斯贝先生问道。

“没有理由怀疑查尔斯·詹姆斯·福克斯……”伯利先生开始说，但是这时斯特雷顿太太对他说她和他的姐姐很熟。不到六个星期前她在他姐姐家住过，觉得那所房子很可爱，但是在冬天很萧瑟。

“现在的女孩子像这样到处走动——”福斯特太太说。

鲍利先生向四周一看，看见萝丝·肖向她走了过去，伸出双手，大声说道：“怎么样！”

“没有！”她答道，“什么事情也没有——虽说我故意让他们单独在一起待了整整一个下午。”

“哎呀，哎呀，”鲍利先生说，“我来请吉米吃早餐。”

“可是谁能够抗拒得了她呢？”萝丝·肖大声说道，“最亲爱的克拉拉——我知道我们不应该要你停下来……”

“你和鲍利先生在说些可怕的闲话，我知道。”克拉拉说。

“生活是邪恶的——生活是可憎的！”萝丝·肖高声说道。

“这种事没有什么可多说的，是不是？”蒂莫西·杜兰特对雅各布说。

“女人喜欢。”

“喜欢什么？”夏洛特·怀尔丁走上前来，问道。

“你从哪儿来？”蒂莫西说，“我猜是上哪儿吃饭了吧。”

“我看不出来为什么不呢。”夏洛特说。

“大家都得下楼去，”克拉拉经过时说，“带上夏洛特，蒂莫西。你好，弗兰德斯先生。”

“你好，弗兰德斯先生，”朱丽亚·艾略特说，一面伸出手来，“你怎么啦？”

西尔维亚是谁？她是干什么的？
以至我们所有的乡村少年都在赞扬她？

埃尔斯贝特·西顿斯唱道。

大家都站在原地，如果空出了椅子就坐下来。

“哎。”克拉拉叹了一口气，她半路停了下来，站在雅各布旁边。

那么让我们为西尔维亚歌唱，
西尔维亚杰出高尚；
她胜过每一个生活在
单调的世间的生灵。
让我们为她把花环戴上。

埃尔斯贝特·西顿斯唱道。

“哎！”克拉拉大声叹道，并且拍起了戴着手套的双手；雅各布拍起了光着的手；然后她向前走去，引导大家从门口进到房间里来。

“你住在伦敦吗？”朱丽亚·艾略特小姐问道。

“是的。”雅各布说。

“住在公寓里？”

“对。”

“克拉特巴克先生在那儿。你在这里总能看到克拉特巴克先生。恐怕他在家里不很快活。他们说克拉特巴克太太……”她压低了声音。“所以他老待在杜兰特家。他们演沃特利先生那剧的时候你在吗？啊，不，当然不在——你听说了没有，在最后关头——我记得，你不得不到哈罗盖特你母亲那儿去——正如我所说，在最后关头，一切都准备好了，服装都做好了，什么都好了——现在埃尔斯贝特又要开始唱了。克拉拉在伴奏，我想或许是在给卡特先生翻歌篇。不对，卡特先生独自一个人在演奏——是巴赫的音乐。”卡特先生演奏乐曲开始的几个小节时，她低声说道。

“你喜欢音乐吗？”杜兰特太太问。

“喜欢。我喜欢听音乐，”雅各布说，“我不懂音乐。”

“很少有人懂，”杜兰特太太说，“我敢肯定从来没有人教过你。为什么会是这样，贾斯珀爵士？——这位是贾斯珀·比格姆爵士——这位是弗兰德斯先生。为什么该知道的东西没有人教给他们，贾斯珀爵士？”她留下他们两个人靠墙站在那里。

有三分钟的时间两位先生谁也没有说话，尽管雅各布往左挪了也许五英寸，然后又往右挪了同样的距离。然后雅各布哼哼了一下，便突然走到房间的另一边去了。

“你要过来吃点什么吗？”他对克拉拉·杜兰特说。

“是的，冰激凌。快点。好。”她说。

他们走下楼去。

但是下了一半楼他们遇见了格雷沙姆夫妇，赫伯特·特纳，西尔维亚·拉什利，还有一个他们竟然擅自带了美国来的朋友，“我们知道杜兰特太太——希望让皮尔切先生领教一下。——纽约来的皮尔切先生——这位是杜兰特小姐。”

“久闻大名。”皮尔切先生深深地鞠了个躬，说道。

就这样克拉拉离开了他。

8

大约九点半，雅各布离开住处，他关门砰砰响，别的门也砰砰响，买报纸，上公共汽车，或者，如果天气允许，就和别人一样步行。低着头，一张书桌，一个电话机，绿皮面装订的书，电灯。……“要加煤吗，先生？”……“你的茶，先生。”……谈论足球，冲的家伙，丑角们；六点半，办公室的听差拿来《星报》；格雷旅店的白嘴鸦飞过头顶；雾中的树枝又细又脆；时而，越过隆隆的车辆声可以听到一个声音高喊着：“裁决——裁决——获胜者——获胜者。”信在筐里堆积起来，雅各布在信上签上名字，每天晚上他从衣架上拿下大衣的时候，他大脑里有某条新肌肉疲劳过度。

然后，有时下一盘象棋，或者到邦德街看电影，或者和博纳米挽着胳膊走一段长长的路回家，呼吸新鲜空气，沉思着前进，仰着头。世界真是壮观，早升的月亮挂在尖顶上等你赞美，海鸥高高飞翔，纳尔逊耸立在圆柱上眺望着地平线，而世界是我们的航船。

与此同时，可怜的贝蒂·弗兰德斯的信，因为只赶上了第二班邮件，现在正躺在过厅的桌子上——可怜的贝蒂·弗兰德斯像所有的母亲一样，写下了儿子的全名雅各布·艾伦·弗兰德斯先生，墨水颜色很浅，用得很多，显示出在斯卡巴勒地方的母亲们如何在下午茶的杯盘清除后，坐在壁炉前，两只脚放在壁炉围栏上草草书写，不管写什么，却永远、永远也无法写出——也许这样的话——不要和坏女人搞在一起，一定要做个好孩子；穿上你的厚衬衫，而且回来，回来，回到我的身边来。

但是她没有说这些。“你还记得老沃尔格莱夫小姐吗，你得百日咳的时候她对你那么好的那个人？”她写道：“她还是死了，真可怜。你要是写封信来他们会高兴的。埃伦来了，我们一起去购物，过得很快活。老茅斯腿脚很不灵便了，我们只能让他上最最小的小山。我都不知道拖了多久了，去找亚当森先生了。他说必须拔掉三颗牙齿。这个季节天气太暖和了，梨树都发芽了。贾维斯太太告诉我——”弗兰德斯太太喜欢贾维斯太太，提到她时总是说，在这么个安静的小地方太委屈她了，尽管她从来不听她不满的抱怨，在她说完后告诉她（抬起头来，抿一下线头，或者摘下眼镜）用一点泥炭包在蝴蝶花根上可以保护它们不受冻，帕罗特店里的亚麻织物大减价是在下个星期二，“一定记住了。”——弗兰德斯太太确切地知道贾维斯太太的感情；如果你能够年复一年地读她关于贾维斯太太的信，那将会多么有意思——女人的未发表的作品，坐在壁炉旁用过量浅色墨水写成，火焰把墨迹烤干，因为吸墨纸旧得尽是洞，钢笔尖裂了，又不下水。然后是巴富特上尉。她称他为“上尉”，谈到他时很坦率，然而从来都不会毫无保留。上尉在为她打听加菲特的那一英亩地，建议她养鸡，肯定能赚钱；或者得了坐骨神经痛；或者巴富特太太几个星期都出不了门；或者上尉说情况看上去不妙，指的是政治方面，因为正如雅各布所知，有的时候夜渐深时上尉会谈起爱尔兰或者印度；那时弗兰德斯太太就会陷入沉思，想到她的弟弟莫特，多年来一直杳无音信——是让土人抓走了，还是他乘的船沉了——海军部会告诉她实情吗？——上尉敲掉烟斗里的烟灰，正如雅各布熟悉的那样，起身准备离开，僵直地伸手拾起弗兰德斯太太滚到椅子底下的毛线球。关于养鸡场的谈论一再出现，这个女人即使在五十岁的时候内心仍充满冲动，在她模糊的未来的设计中有着大群的来亨鸡，交趾支那鸡，奥尔平顿鸡，就像雅各布也在她模糊的轮廓中。但是她和雅各布一样有力量，精神饱满，精力充沛，在宅子里上下奔忙，责骂丽贝卡。

信躺在过厅的桌子上，晚上弗洛林达回来的时候拿了上去，一面吻着雅各布，把信放在了桌子上，雅各布看见信上的笔迹，听任它留在灯下饼干筒和烟丝盒之间。他们走进卧室，随手关上了门。

客厅既不懂也不关心发生的事。门是关着的，认为木头发出吱嘎声的时候，除了表示老鼠在忙碌或木头干燥之外还有什么别的意味，是幼稚的。这些老房子完全是砖木结构，浸透了人的汗水，粒结着人的污垢。但是如果躺在饼干筒旁的浅蓝色信封具有母亲的感情的话，那么心就会被那轻微的吱嘎声、那突然的骚动撕碎。在门后是那猥亵之物，那令人惊恐的存在，恐怖会像在死亡之际或生育婴儿之时那样向她袭来。也许冲进去面对一切比坐在前室里听着那轻微的吱嘎声，那突然的骚动要好一些，因为她的心肿胀着，被痛苦穿透。我的儿子，我的儿子——她会这样呼喊，以遮盖她想象中他和弗洛林达一起伸展着躺在那里的样子，在一个有三个子女、住在斯卡巴勒的女人身上，这是无法辩解的，缺乏理性的。责任在弗洛林达身上。真的，如果门开了，这一对走出来的话，弗兰德斯太太定会扑到弗洛林达的身上——只是先出来的是雅各布，穿着晨衣，亲切，一副权威的样子。他绝顶健康，像刚刚到外面呼吸过新鲜空气的婴儿，眼睛如流水般清亮。弗洛林达跟在他后面，慢吞吞地伸着懒腰，打着一点哈欠，在镜子前整理头发——雅各布则在读母亲的信。

让我们考虑一下书信吧——它们是怎样在早餐时来到，在晚上来到，贴着黄色和绿色的邮票，邮戳使它们不朽——因为看到自己的信封在别人的桌子上会使人意识到一个人的行为是多么快会被割裂开而变成异己之物。这时，心灵脱离躯体的力量终于显示了出来，也许我们害怕或仇恨或希望消灭我们自身的这个躺在桌子上的幽灵。不过有些信只是说明晚宴七点钟开始；有些则是定购煤炭；商定约会。这些信中几乎感觉不到作者的存在，更不用说其声音和怒容了。啊，但是当邮差敲门，信送到的时候，奇迹似乎总是重复出现——总是企图谈话。书信令人肃然起敬，它们极端勇敢、凄凉、无望。

没有书信生活会四分五裂。“来吃下午茶，来吃晚饭，那事真相如何？你听说那消息了吗？在首都生活很快活；那些俄国的舞蹈家……”这些是我们的支柱。这些把我们的日子编结在一起，使生活成为一个完整的世界。然而，然而……当我们去出席晚宴，当我们握着手指尖表示希望不久能在某处再见时，疑虑慢慢袭上心头；我们应该这样度过我们的岁月吗？这珍贵的、有限的、如此短暂地给予我们的岁月——喝茶？在外面吃饭？短信越集越多。电话不住地响。不论我们到哪儿，电线和电子管都包围着我们，在最后的一张名片发出、末日到来之前努力把声音穿透过来。“努力穿透。”因为在我们举起茶杯、握手、表达希望的时候，有什么在低低地说，这就是一切吗？我永远也不能了解、分享、确知吗？难道我命定一生都要写信，发出声音，声音落在茶桌上、消失在过道里，约定来晚餐，而与此同时，生命在衰减着？然而书信令人肃然起敬；

电话是勇敢的，因为人生之旅是孤独的，如果有短信和电话将我们联结，我们就会一同前行，也许——谁知道呢？——我们还可能一起聊聊天。

咳，人们都试图这样做过。拜伦就写信。柯珀[1]也写。多少个世纪以来书桌里就有正好适合朋友间通信用的纸张。语言的大师，多年的诗人，都曾从不朽之作转向一时之作，把茶盘推开，把身子靠近火炉（因为信是当黑暗包围着有明亮红光的洞穴时写成的），去从事伸出手来，触摸、穿透一颗颗单独的心的任务。要是有可能做到就好了！但是词被过于经常地使用；被翻过来摸过去，遗弃在大街上的尘土之中。我们寻找的词紧挂在树旁。我们清晨来此，发现它们在树叶之下，无比清新。

弗兰德斯太太写信；贾维斯太太写信；杜兰特太太也写；斯图尔特大妈实际上还在信纸上洒香水，从而增加了英语未能提供的风味；雅各布当年给大学里的年轻人写过关于艺术、道德和政治的长信。克拉拉·杜兰特的信像小孩子写的。弗洛林达——弗洛林达和她的笔之间的障碍是不可逾越的。想象一下一只蝴蝶、蚊子或别的什么会飞的昆虫附在了一根小树枝上，沾满了泥，滚过一页纸。她的拼法糟得可怕。她的思想感情幼稚得像个孩子。不知出于什么原

1 柯珀（1731—1800），英国诗人。

因，当她写信的时候她宣告自己相信上帝。信上还画着叉——沾有泪痕；字迹凌乱，挽救她的是这样一个事实——而正是这一点总能挽救弗洛林达——那就是她真关心。是的，无论是对待奶油夹心巧克力、热水澡、镜子里自己脸的形状，弗洛林达就像不会喝威士忌一样不会在感情上作假。她拒绝无节制性。伟大的男人是诚实的，这些凝视着炉火，拿出粉扑，照着一英寸的小镜子涂唇膏的小小的妓女，她们的忠诚（雅各布是这样想的）是坚定不移的。

这时他看见她挽着另一个男人的胳膊拐上了希腊街。

弧光灯射出的光把他从头到脚照得通亮。片刻间他一动不动地站在灯下。街道上散布着方格形的阴影。别的人影，或单独或一起地涌了出来，摇曳着穿过街道，湮没了弗洛林达和那个男人。

灯光把雅各布从头到脚照得通亮。你能够看见他裤子上的花纹，手杖上的刺，他的鞋带，光着的手，和他的脸。

仿佛一块石头被压成了粉末；仿佛白色的火花从青灰色的磨刀石上飞了出来，那是他的脊柱；仿佛那之字形铁路线在猛地落入深渊中后，仍在跌落、跌落、跌落。这些都表现在他的脸上。

至于我们是否知道他心里想的是什么，那就是另一回事了。假如比他大了十岁，又是个女人，首先感到的是对他的惧怕；然后要帮助他的愿望会压倒惧怕——压倒感觉、理智，不论在夜里什么时候；紧接着是生气——生弗洛林达的气，生命运的气；然后会冒出不负责任的乐观情绪。“谅必此刻街上有足够的亮光把我们的一切忧虑烦恼都湮没在金色之中！”啊，说这种话有什么用处？就在你这样说着、回头向夏福茨伯里大道看去的时候，命运正在他身上凿上一个凹痕。他已经转身准备离开。至于说跟着他回到他的房间里去嘛，不——我们不会这样做的。

当然，你正是这样做的。他开门进去后关上了门，尽管城里的一个钟只敲响了十点。没有人能在十点钟就上床睡觉。没有人想要睡觉。这时是一月份，很是沉闷，但是韦格太太站在自家门口，仿佛在等待着发生什么事情。一只手摇风琴演奏的声音像在两片湿树叶之间鸣叫的令人厌恶的夜莺。孩子们跑着穿过马路。你间或能够看到过厅门里的棕色镶板。……头脑在别人家窗户下面进行的活动真是够奇怪的。一会儿被棕色的镶板吸引；一会儿被花盆里种的蕨类植物吸引；这里即席想出几个词句来和手摇风琴一起手舞足蹈一番；然后又从一个醉汉那儿攫取一点漠然的快乐；然后整个全神贯注在穷人在街的两面相互叫喊的声音之中（这样的坦率，这样充沛的精神）——然而在整个这段时间里它的中心、那块磁铁一直是一个独处在自己斗室里的青年人。

“生活是邪恶的——生活是可憎的。”萝丝·肖大声说道。

生活奇怪之处是，尽管它的性质千百年来肯定早已对每一个人都是明明白白的了，但是却没有人对此留下任何充分的记叙，伦敦的街道有地图，但是我们的感情却没有绘成图表。如果你拐过这个弯去会碰见什么？

“霍尔本就在你的前面。”警察说。啊，但是如果你没有和那个白胡子老头擦肩而过，你正往什么地方去呢？那个戴着银奖章，拿一把廉价小提琴的白胡子老头，你让他接着讲他的故事，讲完后他邀请你到什么地方去，想来是到女王广场不远处他的房间里去，在那儿他给你看了他收藏的鸟蛋和威尔士亲王秘书写的一封信，而这（跳过中间的阶段）在一个冬日将你带到了埃塞克斯的海岸边，在那儿一条小船离岸向一条轮船驶去，轮船航行在大海上，你看到了亚速尔群岛的轮廓；火烈鸟飞起；你坐在那里沼泽的边缘喝加朗姆酒的混合甜饮料，你成了被文明抛弃的人，因为你犯了罪，很可能传染上了黄热病，而且——你可以往这张素描上随便填进东西去。

在我们继续前行的路上，这样的断裂多如霍尔本地区的街道拐角。但是我们一直向前走去。

几天前在杜兰特太太的晚会上和鲍利先生讲话时感情相当冲动的萝丝·肖说生活是邪恶的，因为一个叫吉米的男人拒绝和一个叫（如果没有记错的话）海伦·艾特肯的女人结婚。

两个人都很漂亮。两个人都缺乏生气。椭圆形的茶桌永远隔在他们中间，他唯一给她吃过的就是一盘饼干。他鞠躬，她微微点头。他们一起跳舞。他舞跳得好极了。他们坐在凹室里，连一个字也没有说过。泪水沾湿了她的枕头。好心的鲍利先生和亲爱的萝丝·肖感到惊异、痛惜。鲍利在奥尔巴尼有房间。萝丝每晚在钟敲八点时获得新生。四个人都是文明的胜利，如果你坚持认为对英语的掌握是我们文明遗产的一个部分，人们只能回答说，美几乎总是无声的。男性美和女性美结合会引起旁观者的忧虑感。我常常看到他们——海伦和吉米——将他们比作漂流着的船只，并为自己的小船感到忧虑。或者，你有没有看见过漂亮的长毛大牧羊犬隔着二十码抬着头蹲伏在那儿？当她经过他时，在她侧腹上颤抖的是他的鼻子。鲍利明白发生了什么事——于是请吉米吃早餐。海伦一定是向萝丝吐露了心事。至于我自己嘛，我感到要解释没有词的歌曲是极端困难的事情。现在吉米在弗兰德斯家喂乌鸦，而海伦上医院。啊，正如萝丝所说，生活真该死，生活是邪恶的。

伦敦的灯宛如燃烧的刺刀尖托起黑暗。巨大的四柱卧床上的黄色顶罩隆起又落下。十八世纪乘坐邮车进入伦敦的旅客透过光秃秃的树枝看到灯光在枝下闪耀。灯光从黄色的窗帘和粉红色的窗帘后面透射出来，在楣窗上，以及地下室的窗子里照射出来。索霍区的街头市场灯光刺眼。生肉、有柄大瓷杯、长筒丝袜在灯光中焕发着光彩。粗粝的声音围绕在耀眼的煤气灯下。手叉着腰，他们——凯特尔和威尔金森先生——站在人行道上大叫大嚷；他们的妻子坐在店里，脖子上围着毛皮围脖，胳膊交叉着，眼睛里一副轻蔑的神情。人们看到的是怎样的脸啊。用手指拨弄肉的那个小个子男人一定在无数的出租屋的火炉前蹲坐过，听到、看到、知道这么多的事情，似乎从黑色的眼睛、松垂的嘴唇滔滔不绝地表露出来。在他沉默地拨弄着肉的时候，他的脸如诗人的脸一样悲哀，而且从来也没有唱过歌。包着头巾的女人抱着眼皮紫红的婴儿。男孩子们站在街角；女孩子们看着路的对面——拙劣的插图，书里的画，这本书我们翻了又翻，似乎最后应该在里面找到我们要找的东西。每一张脸、每一个商店、卧室的窗子、小酒店和黑暗的广场都是被狂热地翻动的画片——在寻找什么呢？书也是这样。我们在成百上千万书页中寻找什么？仍然充满希望地翻动书页——啊，这里就是雅各布的房间了。

他坐在桌旁读《环球报》。这份微带左倾的报纸平摊在他面前。他用手托着脸，因此面颊上的皮肤深深地皱了起来。脸上是一副非常严肃、坚定、桀骜不驯的神情（在半个小时中人们经受了怎样的煎熬啊！但是什么也不能挽救他。这种事情是我们生活景色的特征。一个到伦敦来的外国人几乎不可能看不见圣保罗大教堂）。他评价生活。这些微带左倾和微带幼稚的报纸是薄薄的感光纸，每夜紧压在世人的头脑里和心灵上。它们代替了整体的印象。雅各布眼睛扫过报纸。罢工，谋杀，足球，发现了尸体，从英国各地同时发出的喊叫。《环球报》不能向雅各布·弗兰德斯提供好一点的消息，真是太可悲了！当一个小孩开始读历史书的时候，人们听到他用新的声音缓慢费力地读出古老的词语，惊奇中有着悲哀。

首相的讲话用了五栏多的篇幅来报道。雅各布把手伸进口袋里摸出了一个烟斗，开始装烟丝。过了五分钟，十分钟，十五分钟。雅各布把报纸拿到火炉旁。首相提出了给爱尔兰自治的议案。雅各布磕掉了烟斗里的烟灰。他无疑是在想着爱尔兰自治的问题——一件非常困难的事。一个非常寒冷的晚上。

下了一整夜的雪，下午三点钟的时候盖满了田野和山丘。山顶上引人注目地立着丛丛枯草；荆豆丛是黑色的，当风把冻结的微粒驱赶得四处飞散时，时不时会有一片黑色颤抖着扫过雪面。声音如同扫把扫过——扫过。

没有人看到水从路上流过。细枝和树叶被冻草截住。天空是阴沉沉的灰色，树是铁黑色。乡间的凛冽没有一点调和之处。四点钟雪又开始下了起来。天完全黑了。

一扇大约两英尺宽的、染着一抹黄色的窗子独自和白色的田野及黑色的树木抗争着。……六点钟的时候，一个男人的身影拿着一盏灯穿过了田野。……一堆堆积在石头上的细枝突然脱离开来，向水沟漂去。……积雪从冷杉枝上滑落下来。……后来传来一声悲哀的叫喊。……一辆汽车推开前面的黑暗从路上开了过来。……黑暗在车后合拢。……

每一个活动之间是一段完全的静止。大地似乎死了一般地躺在那儿。……这时牧羊老人僵直地穿过田野回来了。冰冻的大地被僵硬痛苦地踩踏在脚下，在踏车似的压力下让步了。时钟疲惫的声音整夜重复着每一个小时的到来。

雅各布也听到了时钟的声音，他耙出了炉灰。他站起身来。他伸伸懒腰。他上床睡觉。

9

罗克斯比尔伯爵夫人和雅各布两个人坐在桌子的一端。在香槟酒和调味品滋养了至少两个世纪后（如果你按母系计算，是四个世纪）的伯爵夫人露西显得营养极佳。她有着特别能识别气味的鼻子，而且很长，好像是专为搜寻它们而备的；她的下嘴唇突出，像条窄窄的红搁板；她眼睛很小，两丛沙红的眉毛，下颌宽垂。莫尔·普拉特站在她身后（窗户外是格罗斯凡纳广场）的人行道上，在卖紫罗兰花；希尔达·托马斯太太正撩起裙子准备过马路。她们一个来自瓦尔沃斯，一个来自普特尼。两人都穿着黑色长筒袜，但是托马斯太太被包裹在皮毛之中。这一对比对罗克斯比尔夫人十分有利。莫尔更有幽默感，但她很凶，而且还很愚蠢。希尔达·托马斯说话拐弯抹角，她家的银相框全是歪斜着的；吃鸡蛋用的蛋杯放在客厅里；窗户罩得严严实实。罗克斯比尔夫人的侧影无论有多么大的缺陷，她也曾经是位骑马纵狗打猎的好手。她用起刀来十分熟练，她请雅各布不要见怪，亲自撕开了鸡骨头。

“刚才过去的是谁的马车？”她问男管家博克索尔。

“菲特米尔夫人的马车，夫人。”这使她想起应该送一张卡去问候一下爵爷的身体。一个粗鲁的老太太，雅各布心里想。葡萄酒好极了。她称自己是“一个老太婆”——“你肯和一个老太婆一起共进午餐真是太好了”——这话使他觉得美滋滋的。她谈到约瑟夫·张伯伦[1]，她认识他。她说雅各布一定要来会会我们的一个名人。艾丽斯夫人牵着三条狗走了进来，杰基跑过去吻奶奶，这时博克索尔送来了一封电报，雅各布得到了一根好雪茄烟。

在马跳起前片刻，它会减速、侧身而行、鼓起全部力量像巨浪般蹿起、在远处落地。障碍物和天空呈半圆形扑面而来。这时你自己的身体仿佛和马的身体结合了起来，跃起的仿佛是你长进了马的前腿里的腿，冲过空气，地面富于弹性，躯体是结实的肌肉，然而你依然支配一切，挺拔不动，眼睛做出精确的判断。然后弧形变成了直上直下的落锤般的敲击，产生了剧烈的震动；你猛地停住马；稍稍放松，兴奋，激动，光滑的薄冰下面是猛烈跳动的动脉，喘息着：“啊！嗬！哈！”马在十字路口路标处拥挤在一起，身上腾起

1 约瑟夫·张伯伦（1836—1914），英国政治家。

汗汽，穿着围裙的女人站在门口瞪眼望着。那个男人从卷心菜上抬起头来也瞪眼望着。

雅各布就这样纵马疾驰过埃赛克斯的田野，在泥泞中扑腾，失去了猎物，独自骑在马上吃三明治，在树丛中寻找，注意到了似乎新近刮擦过的颜色，咒骂自己运气不好。

他在旅店里吃了下午茶；他们都在那儿，拍打着，跺着脚，说："你先请。"说话简短，直率，满嘴玩笑，言辞不检，直到霍斯菲尔德太太和她的朋友达丁小姐撩着裙子，松垂着头发出现在门口。后来汤姆·达丁用马鞭敲窗子。一辆汽车在院子里颤动。先生们一面摸索着找火柴一面往外走，雅各布和布兰迪·琼斯一道走进酒吧和庄稼人一起吸烟。独眼的老杰文思在那儿，他身上的衣服是泥巴色的，背上背着包，他的大脑在地下几英尺和紫罗兰及荨麻根埋在一起；玛丽·桑德斯和她那一箱子木头；汤姆，教堂司事半傻的儿子，派人来买啤酒——这一切离伦敦仅三十英里之遥。

考文特花园恩德尔街的帕普沃思太太给新广场林肯法律协会的博纳米太太干活。她正在碗碟洗涤处洗晚宴用过的餐具时，听见了年轻的先生们在隔壁房间里聊天。桑德斯先生又在场，她指的是弗兰德斯；当一个爱打听的老太婆把人名给搞错了的时候，她还怎么可能如实地转述一场争论呢？她一面把盘子放在水龙头下清洗，然后堆放在嗞嗞作响的煤气炉下，一面听着：她听见桑德斯以相当专横的口气大声说："很好。"还说"绝对""公正""惩罚""大多数人的意愿"。这时她的主人尖声说起话来，她支持他和桑德斯辩论。不过桑德斯是个英俊的小伙子（此时，在她的发紫的、几乎没有指甲的手的洗刷下，所有的食物碎屑都在洗涤槽里打转儿）。"女人"——她心里想，琢磨着不知道桑德斯和她的主人在那方面都干些什么，她沉思的时候一只眼皮明显地耷拉下来，她是九个孩子的母亲呀——三个死产，一个生下来就又聋又哑。她在把盘子放到架子上去的时候，又一次听见桑德斯讲开了（"他简直不给博纳米说话的机会。"她心里想）。"客观的什么。"博纳米说，还说了"共同点"，以及别的什么——她注意到都是些很长的字。"都是念书念得。"她心里想，在她把胳膊伸进短上衣里时，她听见了什么东西——可能是火炉旁的那张小桌子——倒下的声音；然后是咚、咚、咚跺脚的声音——好像他们在绕着屋子打架——震得盘子直颤。

"明天的早餐，先生。"她说着打开了房门，里面桑德斯和博纳米像两头巴珊[1]的公牛在屋子里互相追赶，发出巨大的声响，椅子全都挡在路上。他们根本没有注意到她。她对他们产生了慈母似的

1 巴珊是《圣经·旧约全书》中常常提到的国家，其领土大约在今叙利亚德拉省，根据《旧约全书》，这里牧草丰盛，森林茂密。

感情。“你们的早餐，先生。”他们走近时她说道。博纳米的头发乱成一团，领带飞舞着，猛地停了下来，把桑德斯推进扶手椅里，说桑德斯先生把咖啡壶打碎了，他正在教训桑德斯先生……

果然，咖啡壶打碎在壁炉前的地毯上。

“这星期除了星期四，哪天都行。”佩里小姐写道，而这绝不是第一份邀请。佩里小姐每星期除了星期四都是空着的吗，她唯一的愿望就是见老朋友的儿子吗？给予有钱的老姑娘的时光是长长的白缎带，她们在五个女仆、一个男管家、一只漂亮的墨西哥鹦鹉、固定的三餐、米迪的图书馆和朋友便访的帮助下把这些白缎带绕啊绕，绕啊绕。雅各布没有来看她，她的自尊心已经感到有点受到了伤害。

“你的母亲，”她写道，“是我最老的老朋友之一。”

罗塞特小姐坐在火旁，把《旁观者》举在炉火和面颊之间，她先是不肯安炉挡，但最终还是安了一个。这时他们谈起了天气，为了表示对正在打开小桌子的帕克斯的尊重，先不谈严肃的事情。罗塞特小姐要雅各布注意那只橱柜是多么漂亮。

“佩里小姐特别擅长顺手买到好东西。”她说。佩里小姐是在约克郡看见这个橱柜的。他们讨论起了英格兰的北部。雅各布说话的时候她们俩都听着。佩里小姐正在想着要说些什么恰当和适合男人的话时，门开了，报告说本森先生到。现在那间屋子里坐了四个人。佩里小姐，六十六岁；罗塞特小姐，四十二岁；本森先生，三十八岁；雅各布，二十五岁。

“我的老朋友看上去还是那么好。”本森先生说，一面轻叩鹦鹉笼子上的栅栏；与此同时，罗塞特小姐在夸奖茶；雅各布递错了盘子；佩里小姐表示了她想要离得更近一点的愿望。“你的兄弟们。”她含含糊糊地开始说道。

“阿切尔和约翰。”雅各布提示她。接着她高兴地想起了丽贝卡的名字；以及怎样有一天“当你们都是小孩子，在客厅里玩的时候——”

“可是佩里小姐拿着水壶托呢。”罗塞特小姐说，真的，佩里小姐把水壶托紧抱在胸口。（那么，她曾爱过雅各布的父亲吗？）

“真聪明——没有平时那么好——我觉得那太不公平了。”本森先生和罗塞特小姐在讨论星期六的《威斯敏斯特报》的时候说道。他们不是经常进行有奖比赛吗？本森先生不是三次获得过一个基尼[1]的奖，罗塞特小姐有一次得过十先令六便士的奖吗？当然，埃佛拉德·本森心脏不好，但是还是能得奖、记得鹦鹉、奉承佩里小姐、看不起罗塞特小姐、在他的房间里举行茶会（是按惠斯勒的方

1　基尼，英国旧金币，等于1.05英镑。

式，桌上放着漂亮的书籍），雅各布不认识本森，但这一切却使他感到本森是个卑鄙的傻瓜。至于罗塞特小姐，她护理过癌症病人，现在画水彩画。

“这么快就要跑了？”佩里小姐含糊地说，“除了星期四以外，我每天下午都在家接待客人，你要是没有更好的事做——”

“我知道你一次都还没有丢下过你的老太太们不管呢。”罗塞特小姐在说，本森先生正弯身对着鹦鹉笼，佩里小姐正向拉铃走过去。……

壁炉火在两根淡绿色的大理石柱子之间明亮地燃烧着，壁炉台上有一只绿色座钟，由倚在长矛上、象征英国的女神守护着。至于挂的画嘛——一个戴一顶大帽子的少女，从花园门旁把一束玫瑰献给一个身穿十八世纪服装的绅士。一头猛犬伸躺在一扇破旧的门旁。窗子下部分是毛玻璃，精致的环状窗帘是长毛绒的，而且也是绿色。

劳蕾特和雅各布把脚趾放在炉挡上，并排坐在两只套着绿长毛绒椅套的大椅子里。劳蕾特的裙子很短，腿长而瘦，盖着半透明的东西。她的手指抚摩着脚踝。

“其实不是我不理解他们，”她沉思着说，“我必须再去试一试。”

“你什么时候会在那儿？”雅各布问。

她耸了耸肩。

“明天吗？”

不，不是明天。

“这种天气使我渴望到乡下去。”她说，一面回头穿过窗子看着高大的房屋背面的景色。

“真希望你星期六和我在一起来着。”雅各布说。

“以前我常骑马。”她说。她优雅地、平静地站起身来。雅各布站了起来。她向他微微一笑。她关门的时候他往壁炉台上放了那么多的先令。

整个说来是一场极合乎情理的谈话；一个极体面的房间；一个聪明的姑娘。只是送雅各布出门的老鸨本人有着那种狡猾、那种淫荡、那种外表的颤动（主要能从眼中看出），大有把本来就好不容易才装起来的整袋的淫言秽语全都抖落在人行道上的危险。总之，什么地方出了毛病。

不久前，工人们把麦考利勋爵[1]名字中最后的字母“y”给涂成金色，名字首尾相连，伸展环绕在大英博物馆的圆顶上。在深远的下方，数百个活着的人坐在排成马车车轮的轮辐形的位子上把印刷的

1 麦考利勋爵，此处可能是指英国著名政治家、演说家、政府官员、政论家、历史学家托马斯麦考利（1800—1859）。所著《英国史》影响深远。

书本上的东西往本子上抄；时而站起身来查一下目录，然后轻手轻脚地回到自己的位子上；同时，时不时地，一个一声不响的人会补充到他们的小隔间里来。

出了场小小的祸事。马奇蒙特小姐的一堆书失去了平衡倒进了雅各布的小隔间里。这样的事情常出在马奇蒙特小姐身上。她穿着奢华的旧裙衣，戴着紫红色假发套和珠宝首饰，长着冻疮，在几百万页书中找的是什么呢？有的时候找这，有的时候找那，来证实她“颜色是声音”的这个哲学观点——或者，也许和音乐有点什么关系。她从来也说不怎么清楚，虽然她没少努力。她也不能请你一起回到她的房间里去，因为房间“恐怕不太干净。”因此她得在走廊里抓住你，或坐在海德公园里的椅子上解释她的哲学观。灵魂的律动倚赖于它——（“这些小男孩真粗鲁！”她会说），牵涉到了阿斯奎斯先生[1]的爱尔兰政策和莎士比亚，“承蒙亚历山德拉皇后[2]有一次表示收到了我的一本小册子。”她总是说，一面优美地挥手让小男孩们走开。可是她需要资金来出版她的书，因为“出版商是资本家——出版商是胆小鬼。”就这样，她的胳膊肘伸到了书堆里，书倒了下来。

---

1 阿斯奎斯（1852—1928），英国自由党内阁首相（1908—1916 任职），取消贵族院否决权的 1911 年国会法案的主要促成者。反对爱尔兰独立。

2 亚历山德拉皇后（1844—1925），英王爱德华七世的王后。

雅各布依然无动于衷。

但是在另一边的那个憎恶奢华、不止一次被硬塞给了传单的无神论者弗雷泽烦躁地移动着身子。他厌恶含糊不明——例如基督教，以及老教长帕克的声明。教长帕克写书，弗雷泽以逻辑的力量把它们彻底摧毁，不给孩子们受洗礼——他的妻子在洗衣盆里偷偷给他们行了洗礼——但是弗雷泽不理会她，继续支持渎神者，散发传单，在大英博物馆里组织他的实例，永远穿同一身格子套装，系同一条火红的领带，但是脸色苍白、皮肤上斑斑点点、激动易怒。确实，摧毁宗教——这是什么样的工作啊！

雅各布把一整段马洛[1]的作品抄了下来。

女权主义者朱丽亚·赫奇小姐在等她要的书。书还没有来。她蘸了蘸钢笔，向四周看了看。她的目光被麦考利勋爵名字最后的几个字母吸引住了。绕着圆顶都是他们的名字——伟大人物的名字，提醒我们——“啊，见鬼，”朱丽亚·赫奇说，“为什么他们没有给艾略特[2]或勃朗特[3]留下地方？”

不幸的朱丽亚！气恼地蘸着钢笔，鞋带也没有系。当她要的书送来以后，她便一头扎进了艰巨的工作之中，但是她通过自己被

---

1 马洛（1564—1593），英国重要诗人和剧作家。

2 艾略特（1819—1880），英国维多利亚时代著名女作家，著有《米德尔马契》《亚当彼得》等。

3 勃朗特，此处指夏洛特勃朗特（1816—1855），英国维多利亚时代著名女作家，作品有《简爱》等。

激怒的情感中的一根神经觉察到，男性读者们是多么镇静地、淡漠地、受到极好照料地在从事着他们的工作。就拿那个年轻人来说吧。他除了抄诗之外还有什么可干的？可是她必须得研究统计资料。女人比男人要多。是的。可是如果你让女人像男人那样工作，她们会一个个死得快得多。她们会灭绝。这就是她的论点。她笔尖凝聚的是死亡、怨恼和辛酸的遗骸；随着下午的逝去，她的双颊渐渐现出了红晕，眼睛闪出了光芒。

但是，是什么使得雅各布·弗兰德斯到大英博物馆来读马洛的作品？

青年，青年——有着某种野性——某种迂腐。例如有个曼斯菲尔德先生，班奈特先生。把他们塞进马洛之火中烧成灰烬。不要留下一丝一毫。不要去敷衍二流人物。嫌恶你自己的年龄。建造一个好一些的自己。为了使他能够生存下去，给你的朋友朗读有关马洛的沉闷得难以置信的文章。为此你必须在大英博物馆中核对版本。你必须亲自去做这事。信赖维多利亚时代的人不行，他们抽掉内容；也不能信赖仍活着的人，他们只不过是些摘宣传的家伙。未来的众生全靠六个青年人。既然雅各布是其中之一，无疑在他翻动书页时样子有点庄严自负，而朱丽亚·赫奇自然很讨厌他。

这时，一个肥头大脸的男人把一张条子推向雅各布，雅各布向后靠在椅背上，开始了一段拘束不安的低声谈话，然后他们一起走了出去（朱丽亚·赫奇看着他们），一走到大厅里就大声笑了起来（她是这样认为的）。

没有人在阅览室里大笑。有移动、低语、带歉意的喷嚏，以及不感到难为情的突然的猛咳。已经差不多快下课了。助理教师正在收作业。懒散的孩子想伸懒腰。好学生刻苦地写着——啊，又过了一天，才干了这么点事！从聚集在一起的人群中不时能听见一声沉重的叹息，然后，让人丢脸的老头子会毫不难为情地咳嗽，马奇蒙特小姐像匹马一样发出嘶嘶声。

雅各布回来后刚刚有时间把书还掉。

现在书已经放回了原处。字母表里的几个字母点缀在圆顶各处。在圆顶四周紧挨着站成一圈的有柏拉图[1]，亚里士多德[2]，索福克勒斯和莎士比亚；罗马、希腊、中国、印度、波斯[3]的文学。一页诗文紧贴着另一页诗文，一个锃亮的字母平滑地挨着另一个字母，密集着意义，聚合着美。

“还真是想要吃茶。”马奇蒙特小姐说着取回了自己破旧的雨伞。

---

1 柏拉图（约公元前428—前348），古希腊三大哲学家之一。和苏格拉底、亚里士多德共同奠定西方文化的哲学基础。作品多以对话形式出现。

2 亚里士多德（公元前384—前322），古希腊哲学家、逻辑学家和科学家。西方思想史中实在论哲学学派的最杰出代表。

3 波斯，几个世纪以来西方以此称位于西南亚的伊朗王国。

马奇蒙特小姐想吃茶，可是她无法抗拒不去最后看上一眼埃尔金大理石雕塑品[1]。她从斜面看了看，挥挥手，咕哝了一两个字向其致意，这使得雅各布和另一个男人转过身来。她向他们亲切地笑了笑。这一切都符合她的哲学观——颜色是声音，也许和音乐有点什么关系。她做出了一份贡献后，便蹒跚着吃茶去了。已经到关门的时候了。大家集中在大厅里取自己的伞。

大多数情况下学生们耐心地等着轮到自己。在别人检查白色圆牌的时候站在那里等着，这能使人感到平静。伞肯定会找到的。但是事实整天引导着你穿过麦考利、霍布斯[2]、吉本[3]；穿过八开本、四开本、对开本；穿过厚光纸页和摩洛哥皮装帧的封面，越来越深地进入到密集的思想、聚合的知识之中。

雅各布的手杖和别的手杖一样，也许它们把泥带到了小隔间里。

在大英博物馆里有个巨大的头脑。想一想在那儿柏拉图和亚里士多德紧靠在一起；莎士比亚和马洛亲密相处。这个巨大的头脑储藏的东西，任何一个单个的头脑都没有能力去掌握。然而你也禁不住会想（因为要这么长的时间才能找到手杖），你怎样可以带一个笔记本来，坐在一张书桌旁，把一切都读上一遍。一个学识渊博的

1 埃尔金大理石雕塑品，大英博物馆收藏的古希腊雕塑品和建筑物细部。

2 霍布斯（1588—1679），英国伟大的政治哲学家，著哲学三部曲《论物体》《论人》《论公民》。晚年将《奥德赛》和《伊利亚特》译成英文。

3 吉本（1737—1794），英国18世纪最伟大的历史学家，著有《罗马帝国衰亡史》。

人是最可尊敬的——像三一学院的赫克斯塔布尔，他们说他所有的信都是用希腊文写的，能够愉快地和本特利[1]一比高低。而且里面还有科学、绘画、建筑——一个巨大的头脑。

他们把手杖推过柜台。雅各布站在大英博物馆门廊下面。正下着雨。大拉塞尔街油光闪亮——这儿是黄色，这儿，在药店外面，是红色和浅蓝色。行人紧挨着墙急匆匆跑过；马车相当狼狈地在街上嘎啦啦驶过。咳，淋一点雨伤害不了谁。雅各布像在乡下一样步行而去；那天深夜他就坐在桌子旁，一个烟斗一本书。

大雨倾盆而下。大英博物馆耸立在那里，一堆巨大而坚固的建筑，在雨中显得十分苍白，十分光滑，离他不到四分之一英里。那巨大的头脑被石块覆盖着；在它深处，每一个分隔开的小空间都安全而干燥。守夜人把提灯照向柏拉图和莎士比亚的背部，查看在二月二十二号既没有火、老鼠，也没有入室盗窃者会来破坏这些宝贵财富——这些贫穷的、极其值得尊重的人们，他们在肯特郡城里有老婆孩子，在二十年中尽他们所能保护着柏拉图和莎士比亚，然后被埋葬在海格特公墓[2]里。

石块严密地覆盖在大英博物馆上，如同骨骼冷漠地躺在大脑的激情和想象之上。只是此处的大脑是柏拉图的，莎士比亚的；大脑

1　本特利（1662—1742），英国古典学术研究史上的一位重要人物。学识渊博，长于校勘。

2　海格特公墓，在大伦敦市北部的一个区内。马克思、法拉第、斯宾塞等人均葬于该公墓。

创造了罐子和雕像，大空话和小珍宝，不断以这样那样的方式越过死亡之河，寻找一个上岸之处，时而把死者包好以使其长眠；时而把一个便士放在死者的眼睛上；时而小心谨慎地把死者的脚趾转向东方。而柏拉图一直在继续着他的对话，尽管在下着雨，尽管响着马车的鸣笛声，尽管住在大奥尔蒙德街后面小巷里的那个女人，醉醺醺地回到家里叫喊了一整夜“让我进去！让我进去！”

雅各布房间下面的街上人声大了起来。

但是他继续看他的书。因为终究柏拉图沉着地在继续着。哈姆雷特在说着他的独白。埃尔金大理石雕塑品也整夜放在那儿，老琼斯的提灯有时复活了尤利西斯，或一匹马的头；有时使黄金发出一闪，或照亮了一个木乃伊凹陷发黄的面颊。柏拉图和莎士比亚继续着；正在读《费德鲁斯篇》[1]一书的雅各布听见人们在路灯柱周围大声吵闹，还有那女人捶着门喊叫：“让我进去！”就仿佛一块煤从火里掉了下来，或者是一只苍蝇从天花板上掉了下来，背朝下，虚弱得转不过身子来。

《费德鲁斯篇》很难读。因此，当你终于能够一直读下去，跟上了步子，大踏步前进，一时间成了（似乎是这样）这个自柏拉图在雅典卫城行走以来驱散了面前的黑暗的、沉着地滚滚向前的力量

1 《费德鲁斯篇》，柏拉图所写的早期对话，内容主要关于美学和神秘主义。

的一部分时，你是不可能去照顾炉火的。

对话将要结束。柏拉图已经说明了他的论点。柏拉图的论点已经储藏在了雅各布的头脑里，雅各布的头脑独自继续活动了五分钟，一直向前，进入到黑暗之中。然后他站起身来，撩开窗帘，清楚得令人惊奇地看到对面的斯平格特一家已经上床睡觉了；看到雨下得多么大；看到犹太人和那个外国女人如何站在街尽头的邮筒旁争吵。

每一次门打开，新的人进来，已经在屋子里的人就要稍稍动一动；站着的人回头看看；坐着的人说了一半话停在那里。加上灯光、美酒、吉他的弹奏声，每次门打开都有令人激动的事情发生。是谁来了？

“吉布森。”

“那个画家？”

“接着你刚才的话往下说呀。”

他们说的是过于亲密无法直说的事。但是周围的声音在娇小的威瑟斯太太心里起了用来吓鸟的鸣器的作用，把一群群小鸟吓得飞到空中，然后它们会落下来，她就会感到害怕，把一只手放在头发上，两手紧抱着膝盖，然后紧张地抬头看着奥立弗·斯凯尔顿，说道：“你得保证，保证不告诉任何人。”……他是这样的体谅人，这样的温柔。她在议论的是她丈夫的性格。她说他很冷漠。

光彩夺目的马格达琳向他们走来：褐色的皮肤、热情、丰满，穿着凉鞋的脚几乎没有沾到草地。她头发飞舞，别针几乎别不住飞舞的丝绸衣衫。当然了，是个女演员，身下永远有一道光。她只说了句“我的亲爱的”，但是她的声音抑扬顿挫地穿越了阿尔卑斯山的山口。既然除了啊和哦之外没有什么可说的，她便在地板上翻腾并唱了起来。诗人曼金走到她身前，站在那儿脸朝下看着她，一面吸着烟斗。跳舞开始了。

头发灰白的基姆尔太太要狄克·格雷夫斯告诉她曼金是谁，并说她在巴黎这种事见得太多了（马格达琳坐到了他的膝盖上；现在他的烟斗到了她的嘴里），不会感到吃惊了。“那人是谁？”他们俩走到雅各布面前时她稳住眼镜问道，因为雅各布确实看上去很安静，倒不是漠然，而是像一个在海滩上的人，默默地看着。

“啊，亲爱的，让我靠着你。”海伦·埃斯邱气喘吁吁地说，她单腿跳着，因为系在脚踝上的银色带子松了。基姆尔太太转过身子看墙上挂的画。

“你看雅各布。”海伦说（他们要玩一个什么游戏，正在给他蒙上眼睛）。

狄克·格雷夫斯因为有点醉了，又很老实单纯，告诉她他认为雅各布是他认识的人里面最伟大的一个。他们盘腿坐在垫子上，谈论着雅各布，海伦的声音微微发颤，因为对她来说他们俩都像英雄人物，他们之间的友谊比女人之间的友谊要美好得多。这时安东尼·波莱特请她跳舞，她一面跳舞一面回头看着他们俩一起站在桌旁喝酒。

这个美好的世界——这个鲜活的、正常的、生气勃勃的世界。……这些词指的是一月份凌晨两三点钟之间在哈默史密斯和霍尔本间的一段木头人行道。那正是雅各布脚下的地方。这个世界健康而美好，因为在河边某处一条小巷中的一个房间里有着五十个激动、健谈、友好的人。而大步走过这人行道（视线之内几乎看不见马车或警察）本身就令人感到振奋。像缀上了钻石的皮卡迪里环行道，在空旷无人时最能显示出它的优点。一个青年男子没有什么可害怕的。相反，尽管他可能没有说出什么高明的话来，他自信能够坚持住自己的主张。他很高兴认识了曼金；他钦佩地板上的那个年轻女人；他喜欢所有的人；他喜欢那类的事情。总之，所有的鼓和喇叭都吹打起来了。那一刻街上只有清道夫在活动。简直用不着说雅各布对他们怀着怎样的好意；在自己门前用自己的大门钥匙开门进去使他多么高兴；他怎样仿佛带了十或十一个他离开时还不认识的人回到了空房间里；他怎样四处寻找读的东西，找到了，根本没有读就睡着了。

确实，鼓和喇叭不是说说而已的。确实，皮卡迪里和霍尔本，以及空的客厅和里面有五十个人的客厅很可能在任何时候向空气中散放出音乐的声音来。也许女人比男人更容易激动。很少有人提起这一点，看到大群大群的人过滑铁卢桥，去赶到苏必顿的直达车，你会认为是理智在促使他们这样。不，不。是鼓和喇叭。只不过如果你拐进滑铁卢桥柱间的一个小凹处来思考一下这事的话，你可能会感到这似乎全都是一片糊涂——全都不可思议。

他们不停地过桥。有时在二轮轻便马车和公共马车之间会出现一辆装载着用铁链固定住的巨大的林木的运货车。也许又会有一辆石匠的大篷货车，装着记载着某人如何爱着埋葬在帕特尼的某人的新刻上字的墓碑。然后在前面的汽车猛地往前一动，墓碑过去得太快，使你无法读到更多的字。在所有的时间里，人流从来没有停止从萨里这一边过桥到滨河大道去；从滨河大道过桥到萨里这边来。就好像穷人去抢劫了市里，现在正疲乏地回到自己的住处去，像甲壳虫匆忙钻进洞里。看那个老太婆紧抓着一个亮闪闪的袋子，仿佛她曾去到明亮的地方，现在带着刮掉了肉的鸡骨头逃回她地下的破屋子里去；她简直是一瘸一拐地向滑铁卢桥走来。可是另一方面，尽管风很大，迎面直吹在她们脸上，那些姑娘们手拉手大步走着，大声唱着歌，她们似乎既不感到寒冷也不觉得丢人。她们没有戴帽子。她们处于胜利的喜悦中。

风掀起了浪。河水在我们身下滚滚奔流，站在驳船上的汉子不得不把全身重量压在舵柄上。一块黑色的防水帆布盖在隆起的财富堆上，被紧紧拴住。大堆大堆的煤闪着黑色的光。和往常一样，油漆匠吊在河边大饭店外墙的支架上，饭店的窗户里面已经亮起了点点灯光。在另一边岸上，城市好像老了似的发白；圣保罗大教堂泛着白色隆起在周围被侵蚀了的、尖的或长方形的建筑物之上。只有十字架闪耀着金红色。但是我们到达了哪一个世纪？这个从萨里到滨河大道的行列是一直不断继续着的吗？那个老人六百年来一直过着这座桥，杂乱的一群小男孩紧跟在他后面，因为他是一个醉鬼，或者苦难使他双眼模糊，身上捆着朝圣者可能会穿的破衣烂衫。他拖着脚步前行。没有一个人站着不动。我们似乎在和着音乐声行进；也许是风和河水的声音；也许是同样的这些鼓和喇叭声——灵魂的狂喜和骚动。不是吗，就连不幸的人也笑，警察非但不去指责那个醉鬼，反而怀着幽默感打量他，小男孩们又急急地跑了回来，萨默赛特大楼里的办事员对他也只感到宽容，在书店里读着半页《洛泰尔》[1]的那个男人眼睛离开了书上的字怜悯地沉思着，十字路口的姑娘犹豫了一下，将年轻人明亮然而没有表情的眼光转向

1 《洛泰尔》，英国政治家、首相、作家狄斯累利（1804—1881）所写的小说，1870 年出版。

了他。

明亮然而没有表情。她大概二十二岁。她穿得很寒酸。她穿过马路，看着花店橱窗里的黄水仙和红郁金香。她犹豫着，向坦普尔法学协会方向疾走而去。她走得很快，但是任何东西都使她分心。一会儿她似乎看见，一会儿又似乎什么都没有注意到。

10

穿过圣潘克拉斯教区废弃了的墓地，范妮·埃尔默在靠墙的白色墓碑间踟蹰，时而穿过草地去看看墓碑上的名字，看墓人走来时就疾速往前走，急急走到大街上，一会儿在陈列着蓝色瓷器的橱窗前停下，一会儿又为补上失去的时间而急速行走，突然走进一家面包房买面包卷，加上蛋糕，然后继续往前走，要是有什么人想要跟上她简直就必须小跑。她寒酸可并不邋遢。她穿着长筒丝袜和有银色鞋扣的鞋子，只是帽子上的红色羽毛耷拉着，提包扣不结实，因为她走着走着从包里掉出了一份图索德夫人蜡像馆[1]的说明书。她有着牡鹿般的脚踝。她的脸遮着。当然，在暮色中，快速的动作，迅速的一瞥，以及高涨的希望会很自然地出现。她就在雅各布的窗下走过。

1 图索德夫人蜡像馆，在英国伦敦，有许多名人的蜡像。

整座房子平板、黑暗、寂静无声。雅各布在家里，全神贯注在一盘棋局上，棋盘放在他两膝间的一张凳子上。他的一只手玩弄着后脑勺上的头发。他慢慢把手移到前面，从棋盘格子里拿起了白色的王后；然后又把它放回到同一个格子里。他装上烟斗，反复思考，走了两个卒，走了白马，然后一个手指放在象上思考着。范妮·埃尔默在他的窗下走过。

她披着印花西班牙披巾坐在那儿，手里拿着一本黄色封面的小说。

“稍微低一点点，别拿得那么紧，这样——好点了，就这样。”布拉汉姆低声说，他正在画她，一边抽着烟，自然就不说话了。他的头可能是雕塑家的杰作，把他的前额塑成方的，把嘴拉长，并在做材料的黏土上留下了拇指印和四个手指的条条痕迹。但是从来没有给他闭上眼睛。它们相当突出、充血，仿佛是因为老是瞪着眼睛看呀看的，当他说话的时候，眼睛刹那间显得受到了搅乱，但是仍继续瞪着在看。一盏没有灯罩的电灯悬挂在她头的上方。

说到女人的美就像是照在海上的光，永远不会总照亮一朵浪花。她们都具有美；她们都失去美。她时而像咸肉一样粗笨沉闷，时而像挂在墙上的镜子一样透明。固定出现的脸是沉闷的一种。威尼斯夫人走来了，展示得像一块供人赞美的纪念碑，但是用雪花石膏雕成的，供人放在壁炉台上，永远没有给掸过土。一个从头到脚打扮得干净利落的浅黑型白种女人只能当作放在客厅桌子上的一幅插图。街上的女人的脸像扑克牌上的脸；轮廓里被精确地填上了粉红色或黄色，周围严密地画上线。然而从顶层的窗户旁探出身子向下看，你看见美的本身，或在一辆公共马车的角落里，或蹲在一条沟里——美在放光，突然极富表情，旋即退去。没有人能够指望它、抓住它或用纸把它包起来。从商店里也得不到任何东西，天知道，坐在家里比出没于厚玻璃窗前，希望能活着偷出闪亮的绿玉、发光的红宝石要好得多。浅碟子里的海水冲磨过的玻璃和丝绸一样很快就失去光泽。因此，如果你谈到一个漂亮女人，你只是指某种暂时利用了，比方说，范妮·埃尔默的眼睛、嘴唇，或者面颊，透过它们照亮出来的极快飞动的某种东西。

在她直挺挺地坐在那里的时候，她并不美；她的下嘴唇太显眼了；鼻子太大；眼睛挨得太近。她是个瘦女子，面颊红艳，头发乌黑，现在正绷着脸，也可能是坐得发僵了。当布拉汉姆把木炭吧的一声弄断的时候，她惊得一跳。布拉汉姆在生气。他蹲在煤气取暖炉前烤手。这时她看了看他的画。他咕咕哝哝。范妮披上一件晨衣去烧壶开水。

“上帝，真不怎么样。”布拉汉姆说。

范妮往地板上一坐，两手抱着膝盖望着他，她美丽的眼睛——是的，美在房间里飞过，刹那间在她的眼睛里闪耀。范妮的眼睛似乎在询问，在怜悯，刹那间成了爱本身。但是她太夸张了。布拉汉姆什么都没有注意到。水开了，她急忙爬了起来，更像匹小马驹子或小狗，而不像个充满爱意的女人。

此时雅各布走到窗前，手插在口袋里站了下来。对面的斯平格特先生走出门，看了看他的橱窗，又走了进去。孩子们走过商店，眼睛看着一根根粉红色的甜东西。皮克福德的货车沿街驶来。一个小男孩吊在绳子上旋转。雅各布转过身去。两分钟后他打开了前门，向霍尔本方向走去。

范妮·埃尔默从衣钩上拿下斗篷。尼克·布拉汉姆把画从画架上取下，卷起来夹在胳膊下。他们关上灯，沿马路走去，他们穿过人群、汽车、公共马车、二轮马车，一直继续前行，直到先于雅各布五分钟抵达莱斯特广场。雅各布的路要稍长一些，而且在霍尔本被等着看国王的车队驶过的人群挡住了，因此雅各布推开转门走到他们身边时，他们已经倚在了帝国剧院走廊的栏杆上了。

“你好，一点也没有注意到你进来。”五分钟后尼克说。

“胡说。”雅各布说。

“埃尔默小姐。”尼克说。

雅各布尴尬地从嘴里拿出烟斗。

他确实很尴尬。当他们坐在一张舒服的沙发上、让喷出的烟在他们和台之间袅袅上升、听到远处尖细的人声和快活的管弦乐队适时的演奏声的时候，他仍感到尴尬，只是范妮想的是：“他的声音多么好听！”她想，他说得很少，可是却多么坚定。她想到年轻男人是怎样的庄重和超然，怎样的浑然不觉，她怎样可以安静地坐在雅各布旁边看他。她心想，晚上疲乏地回家时他会是多么孩子气，多么庄严；也许有点趾高气扬；“但是我不会让步。”她想。他站起身来靠在栏杆上。烟雾包围着他。

年轻男子的美似乎永远要以吸烟为背景，不管他们如何起劲地追着足球跑，或者击板球，跳舞，跑步，或大踏步沿大路行走。很可能他们不久就会失去这些。很可能他们看着遥远的英雄的眼睛，半带轻蔑地在我们中间找个位置，她想道（她像一根琴弦般振动着，等待着在上面拉曲子，而后吧的一声断掉）。反正，他们喜欢沉默，说话很美，每一个字出来都像新灌制的唱片，而不是像女孩们用的光滑的小硬币落下时发出的喧闹声；他们动作很果断，就像他们知道待多久、什么时候离开——啊，可是弗兰德斯先生只不过是去买节目单而已。

“舞蹈是在最后。”他回到他们身边时说道。

这难道不是很好玩吗，范妮继续想道，年轻男子从裤子口袋里掏出许多银币来，再看看有多少，而不是就放那么多在钱包里？

看，她自己就在那儿，穿着镶荷叶边的白裙衣在舞台上旋转，音乐就是她自己灵魂奔放的舞蹈，当她站在离雅各布两英尺的地方僵直地靠在栏杆上时，感到整架机器、世界的基础和传动装置都平稳地旋转到了那些湍急的旋涡和瀑布之中了。

她的一只揉成一团的黑手套掉在地上。当雅各布拾起给她的时候，她生气地一惊。因为从来没有出现过比这更没有理性的激情了。有一刻，雅各布害怕起她来——当年轻女人直挺挺地站着的时候是这样的狂暴、这样的危险，紧抓住栏杆，坠入爱河。

二月中旬。汉普斯特德花园郊区的屋顶躺在微颤的烟霾中。步行太热了。在一处洼地里，一条狗在汪汪、汪汪、汪汪叫。阴影在平原上流动。

久病之后身体懒洋洋的、软弱无力、易于接受美好的事物，但虚弱得包容不住。当狗在洼地里叫时、孩子们滚铁环时、乡间时阴时明时，眼泪便涌出流下。仿佛隔着一层帐幔。啊，但是请把帐幔挡得更厚一点，免得美好的事物使我昏晕，范妮·埃尔默坐在法官步道的一张长凳上，眺望着汉普斯特德花园郊区，叹了一口气。但狗继续叫着。路上的汽车按着喇叭。她听到远处传来的一阵活动声和嗡嗡声。她内心激动不安，她站起身来走动。草地一片新绿；太阳很热。池塘四周都有孩子们蹲着放小船，或者尖叫着被保姆们拽回去。

年轻女人在中午时到露天散步。所有的男人都在城里忙活。女人们站在蓝色池塘的边上。清新的风把孩子们的声音吹散到各处。我的孩子们，范妮·埃尔默心里想道。女人们站在池塘周围，赶开欢跳着的长毛大狗。童车里的婴儿们被轻轻地摇动着。所有的保姆们、妈妈们、闲散地走来走去的女人们的眼睛都有一点呆滞、沉思。当小男孩们扯动她们的裙子，请求她们往前走的时候，她们轻轻地点点头而不答话。

范妮往前走着，听到了什么叫声——也许是一个工人吹口哨的声音——高悬在半空中。啊，是一只画眉在树丛中向着温暖的空气发出阵阵欢乐的鸣啭，但是驱使它的似乎是恐惧，范妮想；仿佛心中如此的欢乐也使它担心——仿佛它在鸣唱时被注视，并且感情的激动迫使它要去唱。看哪！它不安地飞到了旁边的一棵树上。她听到的它的歌声更微弱了。四周是车轮的嗡嗡声和呼呼的风声。

她花了十个便士吃午餐。

“哎呀，小姐，她忘了拿雨伞了。”奶制品公司快餐店门口玻璃小隔间里的皮肤上有斑驳色斑的女人咕哝道。

“也许我能追上她。”淡色头发编成辫子的女招待米莉·爱德华兹说。她冲出门去。

“没追上。”不一会儿她拿着范妮廉价的伞回来时说。她把手放在辫子上。

“啊，那扇门！”收款员咕哝道。

她的手戴在黑色露指手套里，收进账单的手指尖肿得像香肠一样。

“一份甜馅饼和蔬菜。一个大份咖啡和烤饼。烤面包片上加鸡蛋。两份水果蛋糕。”

女招待刺耳的声音就这样急促地响着。吃午饭的人赞同地听到他们点的食物被重复着，看到给旁边的桌子端来食物时，期待着自己的也快了。终于他们的烤面包片上加鸡蛋也端上来了。他们的眼睛不再到处乱看。

潮湿的小方块面点落入了像三角形口袋一样张开的嘴里。

打字员内莉·詹金森漠然地把蛋糕弄碎。每次门一开她都抬起头来。她指望着看见什么?

煤炭商不停地读着《电讯报》，他没有碰到茶托，心不在焉地摸了摸，把杯子放在了桌布上。

“你听到过像这样无理的话吗?”帕森斯太太结束了她的话，一面从毛皮衣服上掸去面包屑。

“一份热牛奶和烤饼。一壶茶。面包卷和黄油。”女招待高声喊道。

门开开又关上。

这就是老年人的生活。

很奇怪，躺在船上看波浪。瞧，这儿有三个浪一个接一个规则地涌来，浪的大小也差不多。然而后面急匆匆赶过来第四个浪，又大又吓人；它把船托起；继续向前涌去；不知怎的什么任务也没有完成就逐渐消失了；和别的浪一起平复了下去。

有什么能够比狂风中树枝的舞动更为暴烈？树木从树干以上、一直到树枝的尖顶，完全听任狂风肆虐，被刮得东倒西歪，瑟瑟发抖，然而却从不被散乱地刮跑？

庄稼痛苦地扭动、把自己降低得似乎准备连根拔起，然而坚持了下来。

哎呀，就从这些窗子里，即使在昏暗之中，你也可以看见一个膨胀起来的东西在街上跑过，一种渴望，好像直伸着两只胳膊，眼中充满了希冀，嘴大张着。然后我们平和地安静下来。因为如果这种兴奋状态持续，我们就会像泡沫一样被吹到空中。星光将穿过我们照耀大地。我们就会成为滴滴盐水被狂风卷去——像有的时候发生的那样。因为冲动的精灵不会接受任何这一类的安抚。它们永远不要任何的摇摆或无目的的闲荡。永远不要任何假装，或惬意地一躺，或亲切地认为人和人差不多，火很暖和，葡萄酒令人愉快，奢侈是种罪孽。

“只要你和人熟了，他们都特别好。”

“我无法把她想得很坏。要记得——”但是也许是尼克，或者是范妮·埃尔默，他们绝对地相信在瞬间中揭示的真理，一冲而起，叮了一口面颊，像突来的冰雹般没有了踪影。

“啊。”范妮晚了三刻钟冲进画室时说。她在育婴堂附近转悠，只是为了有机会能看见雅各布沿街走来，拿出大门钥匙打开门，“恐怕我来晚了。”尼克听了一言不发，范妮产生了对抗情绪。

“我以后再也不来了！”她终于高喊道。

“那就别来好了。”尼克答道，她连晚安都没说就跑了出去。

多么雅致——夏夫茨伯里大道旁伊芙林娜店里的那件裙衣！这是四月初，一个晴朗的下午四点钟，范妮是唯一在室内度过晴朗的一天的下午四点钟的人吗？那条街上别的姑娘们坐在突出的墙基石上，或者厌倦地将长长的线拉过丝绸和薄纱之间；或者，系着缎带在斯旺和埃德加斯公司里，在账单背面迅速算好几便士几法新[1]，然后把一又四分之三码的料子卷在薄纱纸里，再问下面一位“您要什么”？

夏夫茨伯里大道旁伊芙林娜的店里，女人身体不同部位的服装是分散陈列的。左边是裙子。中间绕在一根杆子上的是一条长羽毛

1 法新，值四分之一旧便士的硬币。

围巾。像在法学协会排列的犯罪分子的头那样的是帽子——宝石绿色和白色的，稍稍盘着几朵花，或者垂在颜色染得很深的羽毛下。在地毯上是女人的脚——金色的尖头鞋，或者镶着鲜红长条的漆皮鞋。

被女人的眼睛尽情享受的衣服，到四点钟的时候已经像面包店橱窗里的糖蛋糕一样脏污了。范妮也在端详这些衣服。

但是沿着杰勒德街走来了一个穿着一件寒酸的大衣的高个子男人。一个影子落在了伊芙林娜店的橱窗上——雅各布的影子，尽管这人不是雅各布。范妮转过身来沿杰勒德街走去，真希望自己读过许多书。尼克从不看书，从不谈起爱尔兰，也不谈起上议院；再说他的手指甲！她要学拉丁文，读维吉尔的作品。她曾经是很爱读书的。她读过司各特[1]；她读过大仲马[2]。在斯莱德美术学院没人读书。可是在斯莱德没有人认识范妮，也没有人猜想到她感到那儿有多么空虚；对收入、对跳舞、对夜总会——而雅各布说只有法国人才会画画。因为现代派很轻浮；绘画是最不值得尊敬的一门艺术；除了马洛和莎士比亚，为什么还要读别人的作品？雅各布说。要是你非读小说不可，再加上个菲尔丁[3]。

---

1 司各特（1771—1832），英国小说家，历史小说的首创者，作品有《威弗利》《米德洛西恩的监狱》等。

2 大仲马（1802—1870），法国著名作家，作品有《基督山伯爵》《三个火枪手》等。

3 菲尔丁（1707—1754），英国小说家，被司各特称为“英国小说之父”。主要作品有《约瑟夫·安德鲁斯》《汤姆·琼斯》等。

"菲尔丁。"当查令十字路的那个人问范妮要什么书的时候，范妮说道。

她买了本《汤姆·琼斯》。

上午十点钟的时候，在和一个教师合住的房间里，范妮·埃尔默读着《汤姆·琼斯》——那本神秘的书。因为雅各布就喜欢这种关于有着古怪名字的人的沉闷的书（范妮认为）。好人喜欢它。不在乎自己怎么把两条腿交叉起来的邋遢女人读《汤姆·琼斯》——一本神秘的书；因为范妮认为在书身上有种东西，如果我是个受过教育的人，我可能会喜欢的——比耳环和花要好得多，她叹了一口气，心里想着斯莱德的画廊和下个星期的化装舞会。她没有可穿的衣服。

他们是真实的，范妮心里想，一面把脚放在壁炉台上。有的人很真实。也许尼克就是，只不过他是那么愚蠢。而女人从来不——除了萨金特小姐，可是她午餐的时候离开，而且摆架子。他们晚上静静地坐着看书，她想道。不去音乐厅；不往橱窗里张望；不互相换衣服穿，不像罗伯逊那样，戴她的披巾，而她穿过他的背心，雅各布要这样做只会很尴尬；因为他喜欢《汤姆·琼斯》。

那书就躺在她膝头，双栏印刷，价格三先令六便士；这本神秘的书，在书里亨利·菲尔丁那么多年以前就用完美的散文，因范妮·埃尔默贪恋色欲而指责了她，雅各布说。因为他从来不看现代小说。他喜欢《汤姆·琼斯》。

“我真的喜欢《汤姆·琼斯》。”在四月初同一天的五点半，当雅各布在对面的扶手椅里拿出烟斗来的时候，范妮说道。

哎呀，女人撒谎！但克拉拉·杜兰特可不撒谎。无懈可击的头脑；坦率的天性；被锁在一块巨石上（在朗兹广场附近某处）的贞女，无尽无休地为穿白背心、蓝眼睛、直勾勾地看你的脸、弹奏巴赫的老头子倒茶。在所有的女人中雅各布最尊重她。但是和穿着丝绒的阔老太太坐在放着面包和黄油的桌旁，老佩里小姐在倒茶的时候，他和克拉拉·杜兰特说的话却比本森对鹦鹉说的还要少，这实在是对人性中自由和体面的无法容忍的蹂躏——或者这类意思的词句。因为雅各布什么也没有说。他只是瞪着炉火。范妮放下了《汤姆·琼斯》。

她在缝着或织着什么。

“那是什么？”雅各布问。

“为在斯莱德的舞会准备的。”

她拿来了她的头饰；长裤；带红穗的鞋子。她穿什么好？

“舞会时我在巴黎。”雅各布说。

化装舞会有什么意思？范妮心想。你遇见同样的人；你穿同样的衣服；曼金喝醉酒；弗洛林达坐在他的膝盖上。她恬不知耻地调情——现在是和尼克·布拉汉姆。

“在巴黎？”范妮说。

“在去希腊的路上。”他答道。

因为，他说，再没有比五月的伦敦更令人可憎的了。

他会忘记她的。

一只麻雀叼着一根稻草飞过窗口——是农场空地上一座谷仓边稻草堆上的一根稻草。那只棕色长毛老狗在稻草堆的底部东嗅西嗅找老鼠。榆树上部的枝丫已经黑压压地布满了鸟窝。栗树挥动着它们扇子般的树叶。蝴蝶在林间小路上招摇着飞来飞去。也许，正如莫里斯所说，闪紫蝶正在栎树根部享用着大堆腐烂的污物。

范妮认为一切全都来自《汤姆·琼斯》。他可独自在口袋里放一本书去看小贩们。他会去坐八点半的火车，然后步行一整夜。他看到萤火虫，用药盒子装着带回来。他会带着新树林的猎鹿狗去打猎。这些都是从《汤姆·琼斯》里学来的；他会口袋里装着一本书到希腊去，会忘记她。

她取来了有柄的小镜子。这里是她的脸。要是给雅各布缠上穆斯林的头巾呢？这里是他的脸。她点上了灯。但是因为从窗子里照进来天光，所以只有一半房间被灯照亮。尽管他看起来很难看很动人，他说他要放弃去林子而到斯莱德去，做个土耳其骑士或者古罗马的帝王（他听任她把他的嘴唇涂黑，在镜子里紧咬着牙沉着脸），可是——《汤姆·琼斯》仍躺在那里。

11

“阿切尔，”弗兰德斯太太用母亲经常在提到她们的大儿子时表现出的温柔口气说道，“明天就要到直布罗陀了。”

她在等着的这班邮件（一面慢慢往多兹山上走去，教堂不规则的钟声在她头顶上奏出了赞美诗的调子，时钟直穿过缭绕的音调敲响了四下；草在暴风雨即将到来前的云层下现出深紫色；村中的二十几所房子在一片阴影下全都畏缩着，无比卑顺），这班邮件里包含着各种各样的信息，信封上的笔迹有粗重醒目的，有向一边倾斜的，有的贴着英国邮票，有的是殖民地的邮票，有时匆忙地涂上一道黄色的杠，这班邮件将要把无数信息散布到世界各地。至于我们这一过量交流的习惯是否带来了好处，就不该由我们来说了。但是现在写信尽是捏造，特别是在国外旅行的年轻男人似乎更可能这样做。

比方下面这个镜头。

这儿是雅各布·弗兰德斯到国外去了，在巴黎歇脚（他母亲的表亲老伯克贝克小姐去年六月去世了，留给了他一百英镑）。

“你用不着把这整个该死的事情再重复上一遍，克鲁坦顿。”马林森说，这个秃头的小个子画家坐在洒着咖啡和尽是一圈圈酒印的大理石桌旁，话说得飞快，而且无疑相当醉了。

“哎，弗兰德斯，给女朋友写完信啦？”当雅各布走过来，手里拿着写有在英国斯卡巴勒附近弗兰德斯太太的地址的信封，在他们旁边坐下时，克鲁坦顿说。

“你支持贝拉斯克斯[1]吗？”克鲁坦顿说。

“老天爷作证，他支持的。”马林森说。

“他总是变成这个样子。”克鲁坦顿烦躁地说。

雅各布极端镇静地看看马林森。

“我来告诉你在全部文学中写出过的最伟大的三样东西，”克鲁坦顿突然大声说道，“‘我的灵魂如果实般挂在那儿。’”

“不要听不喜欢贝拉斯克斯的人说话。”马林森说。

“阿道夫，别再给马林森先生酒了。”克鲁坦顿说。

“公平对待，公平对待，”雅各布公正地说，“要是一个人

1 贝拉斯克斯（1465—1522？），古巴征服者和西班牙首任总督。

想喝个大醉就让他喝。那是莎士比亚说的，克鲁坦顿。这一点上我是同意你的。莎士比亚比所有这些该死的法国佬放在一起还要有胆量。‘我的灵魂如果实般挂在那儿。’”他开始用好听的、带修辞效果的声音引述，一面舞动着酒杯。“魔鬼诅咒你邪恶，你这奶油脸的傻瓜！”他大声说道，酒溅出了杯沿。

“‘我的灵魂如果实般挂在那儿。’”克鲁坦顿和雅各布两人同时开始说，又都突然大笑起来。

“这些苍蝇真讨厌，”马林森说，一面用手轻拂他的秃头，“它们把我当成什么了？”

“发出香味的东西呗。”克鲁坦顿说。

“闭嘴，克鲁坦顿。”雅各布说，“这家伙一点礼貌都没有，”他非常客气地向马林森解释说，“想中断人家喝酒。嘿，我点烤架上烤的排骨。法语烤架上烤的排骨怎么说？烤架上烤的排骨，阿道夫。你这个笨蛋，难道你还不懂吗？”

“我告诉你，弗兰德斯，在全部文学中第二样最美的东西。”克鲁坦顿说，一面把脚拿下来放在地板上，身体俯过桌子，脸差点挨上了雅各布的脸。

“‘嘿快快摇啊摆，猫和提琴来。’”马林森插嘴说，手指一面在桌子上乱弹。“在全部文学中最最精美的东西。……克鲁坦顿是个很好的家伙，”他一副信任的样子谈论道，“可就有那么点蠢。”他把头猛地向前一伸。

唉，这些一个字也没有告诉过弗兰德斯太太，也没有告诉她他们付款后离开了饭店，沿拉斯佩勒林荫大道行走时发生的事。

而且这儿还有另外一场对话的片段：时间是上午十一点左右；地点是一个画室；日子是星期天。

“我告诉你，弗兰德斯，”克鲁坦顿说，“与其有幅夏尔丹[1]的画，我倒宁愿有马林森的一幅小画。而当我这么说的时候……”他使劲挤着一个扁扁的软管的一头，“夏尔丹很了不起。……马林森现在靠卖画付饭钱了。可是你等着看画商搞到他的时候吧。一个很了不起的人——啊，一个非常了不起的人。”

“这种生活非常愉快呀，”雅各布说，“在这地方瞎折腾一气。不过，这是愚蠢的艺术，克鲁坦顿。”他溜达到房间的另一边，“现在出了这个人，皮埃尔·路易。”他拿起了一本书。

“我说，我的好先生，你打算安定下来吗？”克鲁坦顿说。

“那是很实在的一件作品。”雅各布说着把一幅油画放在椅子上。

“啊，那是我很久以前画的。”克鲁坦顿回头看了一眼说。

“我觉得你是个挺有能力的画家。”雅各布停了片刻后说。

---

1 夏尔丹（1699—1779），法国画家。

“现在你要是想看看我目前在追求什么，”克鲁坦顿说着把一幅画放在了雅各布面前，“看，这就是。这还差不多。这……”他的大拇指绕着涂成白色的球形玻璃灯罩蠕动着。

“相当实在的一件作品，”雅各布说着叉开两腿站在画前，“但是我希望你解释的是……”

苍白、满脸雀斑、一副病容的吉妮·卡斯雷克小姐走进了屋子。

“啊，吉妮，这是个朋友。弗兰德斯。英国人。有钱，有地位。接着说，弗兰德斯。……”

雅各布没有说话。

“是那——那不对，”吉妮·卡斯雷克说。

“不行，”克鲁坦顿坚决地说，“不能做。”

他把画从椅子上拿下来，背对着大家竖放在地上。

“坐下，女士们，先生们。卡斯雷克小姐来自你们那边，弗兰德斯。德文郡。啊，我以为你说的是德文郡。很好。她也是教会之女。家庭的叛逆。她母亲给她写的是怎样的信！我说——你身上有她的信吗？一般星期天收到信。你知道，起类似教堂钟声的作用。”

“你见到所有画画的人了吗？”吉妮问。“马林森喝醉了吗？你要是到他的画室去，他会送你一幅他画的画。我说，特迪……”

“等等，”克鲁坦顿说，“现在是什么季节？”他向窗外看去。

“我们星期日休息，弗兰德斯。”

“他会不会……”吉妮看着雅各布说，“你……”

“是的，他和我们一起去。”克鲁坦顿说。

后来，到了凡尔赛。

吉妮站在水池的石头边缘上探身向着水池，克鲁坦顿的两只胳膊抱着她，不然她就会掉进去了。“在那儿！在那儿！”她喊道。“一直到水面上！”一些游得很慢、肩部下斜的鱼从水底浮上来吞食她的面包渣。“你来看。”她说着跳下池边。然后耀眼的白色水花憋足了劲猛烈地直喷到空中。喷泉展示着自己。军乐声穿过喷泉从远处传来。喷泉水聚成了水珠。一只蓝色的气球轻轻地撞击着水面。所有的保姆和小孩、老头和年轻人都挤到了水池边上，他们是怎样地探着身子挥舞着手里的棍子啊！那个小姑娘伸开胳膊朝她的气球跑去，但是气球沉到了喷泉底下。

爱德华·克鲁坦顿、吉妮·卡斯雷克和雅各布·弗兰德斯排成一排沿黄色的砾石路走着，走上了草地，在树下走过，来到了玛丽-安托瓦内特[1]曾在此喝巧克力饮料的凉亭。爱德华和吉妮走了进去，

1 玛丽-安托瓦内特（1755—1793），法国国王路易十六的王后。在1792年法国推翻君主制的起义后，1793年1月路易十六被国民公会下令处决，同年10月16日，玛丽-安托瓦内特被送上断头台。

但雅各布在外面等着，坐在手杖把上。他们走了出来。

“怎么样？”克鲁坦顿向雅各布微笑着说。

吉妮等着；爱德华等着；两人都看着雅各布。

“怎么样？”雅各布说，微笑着，两只手紧按在手杖上。

“走。”他决定了，动身离开。另外两人微笑着跟在后面。

后来他们到小街上的一家小咖啡店去，人们坐在那儿喝咖啡，看大兵，沉思着把烟灰磕进碟子里。

“可是他很不一样，”吉妮说着把两只手叠起来放在玻璃杯口上，“我想，特迪说这样的话时你并不明白他的意思，”她看着雅各布，说道，“可是我明白。有时候我真能杀了自己。有时候他整天躺在床上——就那么躺着。……我不要你们到桌子上面来。”她挥动两只手。肥大的闪着彩虹色的鸽子在他们脚旁摇摇摆摆地走来走去。

“你看那个女人的帽子，”克鲁坦顿说，“他们是怎么想起这个来的？……不，弗兰德斯，我觉得我不可能像你这样生活。当一个人沿大英博物馆对面的那条街走的时候——那街叫什么名字？——我就是这个意思。都是这样的。那些胖女人——以及站在马路中间好像要大发脾气的那个男人……”

“大家都喂它们，”吉妮挥手赶着鸽子说，“它们都是些蠢家伙。”

“呃，我看不见得，”雅各布吸着香烟说，“还有圣保罗大教堂呢。”

“我的意思是到办公室上班。”克鲁坦顿说。

“随它去吧。”雅各布劝道。

“可是你不算，”吉妮看着克鲁坦顿说，“你是个疯子。我是说，你想的只是画画。”

“是的，我知道。我也没有办法。我说，乔治国王[1]会不会在贵族问题上让步？”

“他不得不让步。”雅各布说。

“你看！”吉妮说，“他真的知道。”

“你要知道，我要是能够是会去做的，”克鲁坦顿说，“可是我就是不能。”

“我认为我能，”吉妮说，“只是，这样做的人全是你不喜欢的人。我是说，在老家是这样。他们整天就谈这些。就连我母亲那样的人也如此。”

“要是我到这里来住下——”雅各布说，“我应该分担多少，克鲁坦顿？啊，好吧。随你。那些愚蠢的鸟，只要你想要它们在这

1 乔治国王（1865—1936），英国国王乔治五世。

儿——它们就飞走了。”

终于在医院车站的弧光灯下，吉妮和克鲁坦顿以一种奇特的轻微但坚决的动作互相挨近，这种动作可能伤害别人或不引起任何注意，但一般说来会使人感到很不自在；雅各布站在稍远处。他们不得不分别。必须说点什么。什么也没有说。一个男人推着一辆小推车经过，离雅各布的腿近得差一点蹭上。等雅各布恢复平衡时，那一对人已经转身离开，尽管吉妮回过头来看着，而克鲁坦顿挥了挥手，仿佛他就是个非常伟大的天才那样消失了。

没有——这一切都没有告诉弗兰德斯太太，尽管雅各布觉得，可以有把握地说，世界上没有比这更为重要的东西了；至于克鲁坦顿和吉妮，他认为他们是他认识的最为了不起的人——当然他不可能预见结果是，随着时间的过去，克鲁坦顿专门画起了果园，因此需要住在肯特；你会认为，到这个时候他想必已经看透了苹果花了，因为他的妻子——为了她他才这样做的——和一个小说家私奔了；可是根本不，克鲁坦顿仍旧画果园，粗野地、孤独地画着。而吉妮·卡斯雷克，在她和美国画家莱法纽的一段私情了结以后，便时常去拜访印度哲学家，现在你会在意大利的膳宿公寓里看到她，珍藏着一个放着从路上拾来的普通卵石的小小的首饰盒。但是她说，如果你定睛看着这些石头，多样就变成了统一，这多少就是生活的奥秘，尽管这并没有阻止她紧盯着在餐桌上传递的通心粉，以及有时在春天的晚上对腼腆的年轻英国男人吐露最为不可思议的隐秘。

雅各布没有什么要向他的母亲隐瞒的。只是他不明白自己这种极端的激动，至于说把它写下来吗——

“雅各布的信真像他这个人。”贾维斯太太折起信纸，说道。

“确实他似乎过得……”弗兰德斯太太说着停了下来，因为她正在裁剪一件裙装，必须把纸样拉直，“……非常开心。”

贾维斯太太想到了巴黎。她身后的窗子是开着的，因为那是个暖和的夜晚，一个无风的夜晚，月亮似乎有些阴沉，苹果树一动不动地矗立着。

“我从不怜悯死者。”贾维斯太太说，一面稍稍移动了一下背靠着的垫子，握起两只手放在脑后。贝蒂·弗兰德斯没有听见她的话，因为她的剪子在桌上发出了很大的声音。

“他们安息了，”贾维斯太太说，“而我们却把日子一天天消磨在干些不知道为什么要干的、毫无必要的傻事上。”

村子里的人不喜欢贾维斯太太。

“你从来没有在晚上这个时候散过步吗？”她问弗兰德斯太太。

“确实是暖和，太好了。”弗兰德斯太太说。

然而她已经多年没有在晚饭后打开果园的门，到多兹山上去过了。

“地完全是干的。”当她们关上果园的门踏上草地时贾维斯太太说。

“我不想走远，”贝蒂·弗兰德斯说，“是的，雅各布要在星期三离开巴黎。”

“三个孩子中雅各布一直是我的朋友。”贾维斯太太说。

“好了，亲爱的，我不再往前走了。”弗兰德斯太太说道。她们已经爬上了黑暗中的小山，来到了古罗马营地。

防御土墙耸起在她们脚下——就是那道围绕着营地或坟墓的光滑的土圈。贝蒂·弗兰德斯在那儿丢失过多少缝衣针啊！还有她的石榴石胸针。

“有的时候看得比现在清楚多了。”贾维斯太太站在埂上说道。天上没有云，但是在海面上、在高沼地里弥漫着一层朦胧的薄雾。斯卡巴勒的灯光闪烁着，仿佛一个戴着钻石项链的女人在或左或右地转动着她的头。

“多么寂静啊！”贾维斯太太说。

弗兰德斯太太用脚尖蹭着草皮，想着她的石榴石胸针。

贾维斯太太发现今晚很难把心思集中在自己身上。夜是如此平静。没有一丝风，没有任何东西在追赶、飞舞、奔逃。黑色的影子一动不动地簇拥在银色的高沼地上。荆豆丛静静地站立着。贾维斯太太也并没有在想着上帝。当然，在她们身后有一座教堂。教堂的钟敲响了十下。钟声传到荆豆丛了吗，荆棘树听到钟声了吗？

弗兰德斯太太正俯下身去拾起一块卵石。贾维斯太太想道，有的时候人是能够找到东西的，但是在这样朦胧的月色下，除了白骨和小块的白垩外，根本不可能看到任何东西。

“雅各布用自己的钱买的，后来我带帕克先生到这里来看景色，一定是滑掉了——”弗兰德斯太太喃喃道。

白骨会动吗，锈蚀的剑呢？弗兰德斯太太那两个半便士的胸针永远就成了这丰富的积聚的一部分了吗？如果所有的幽灵都密集在这个土圈中和弗兰德斯太太交往，她难道不会显得完全符合她的地位：一个正在发福的、活生生的英国主妇？

报一刻钟的钟声敲响了。

当教堂的钟每一刻钟敲响一次时，微弱的声波消失在挺直的荆豆和山楂枝条之间。

高沼地一动不动地以自己宽阔的背脊接受着这一声明，“现在是整点一刻了。”但是除了一根荆棘的微微颤动之外，高沼地没有做出回答。

然而即使在这样的光线之下，仍能看清墓碑上的铭文，简洁的声音在说：“我是伯萨·拉克”，“我是汤姆·盖奇”。他们说他们是哪一天死去的，《新约全书》非常骄傲、非常有力地为他们说了些什么话，或者给他们以安慰。

高沼地也接受了这一切。

月光如一篇苍白的书页落在教堂的墙上，照亮了壁龛里跪着的一家人，以及在一七八〇年为教区中那位救济穷人、笃信上帝的乡绅安放的碑石——这样，那有节奏的声音沿大理石名卷读下去，仿佛它能够将自己强加在岁月和旷野之上。

这时，一只狐狸从荆豆丛背后偷偷钻了出来。

经常，即使在晚上，教堂里也似乎挤满了人。靠背长凳破旧而油腻，教士的黑色长袍放在应放的位置上，赞美诗集在搁架上。这是一艘全体船员都已就位的船只。船骨紧绷以容纳所有的死者和生者，庄稼汉、木匠、猎狐的绅士和浑身泥土与白兰地气味的农场主。他们的语言交织在一起，发出清晰明确的字词，永远把时间和高沼地宽阔的背脊切割分裂开来。悲叹、信念和挽歌，绝望和胜利，但是绝大多数是通情达理和极度的漠然，五百年来这一切随时会轻蔑地越窗而去。

然而，当贾维斯太太向高沼地走去时，她说道："多么安静啊！"中午时很安静，除非打猎者散布其上；下午很安静，除了游荡的羊群；夜里高沼地是绝对的安静。

一枚石榴石胸针掉在了荒原的草丛里。一只狐狸轻轻地走动。一片叶子竖着翻转过来。五十岁的贾维斯太太在朦胧的月色下的古罗马营地休息。

“……再说，”弗兰德斯太太直起腰来说道，“我从来都没有喜欢过帕克先生。”

“我也是。”贾维斯太太说。她们开始走回家去。

但是她们的声音在古罗马营地上飘动了片刻。月光什么也没有破坏。高沼地接受了一切。只要他的墓碑继续存在，汤姆·盖奇就在大声呼叫。古罗马人的遗骨保存得很好。贝蒂·弗兰德斯的织补针也很安全，她的胸针也如此。有时在中午，在阳光之下，高沼地似乎像个保护者一样储存着这些小小的珍宝。但是在午夜时，没有人说话或策马疾驶，荆棘树一动不动，这时用问题——什么？为什么？——来烦恼高沼地将是愚蠢的。

不管怎样，教堂的钟敲响了十二点。

12

水像铅一样从岩石的突出部流下——像一条由粗大的白色链环构成的链条。火车开进一片陡峭的绿色牧草地，在意大利，雅各布看到带条纹的郁金香在生长，听到一只小鸟在歌唱。

一辆装满意大利军官的汽车沿着平坦的公路行驶，保持着和火车同样的速度，扬起一片尘土。有些树被藤蔓交织在一起——如维吉尔所说的那样。这儿有一个火车站，正有一场大规模的送别，在场的有穿着黄色高筒皮靴的女人和穿带环形花纹的袜子的苍白古怪的男孩子。维吉尔的奇思怪想来到了伦巴第平原[1]。使藤蔓在榆树之间攀爬生长是古人的习惯。在米兰有亮棕色的翅膀的敏捷的隼鹰，在房顶上空做花式飞行。

这些意大利的火车厢，当午后的太阳照在上面时简直热得要

1 伦巴第平原，在意大利。

命，在火车头开到峡谷顶上之前，那咣当作响的铁链很可能会断掉。它一路向上，向上，向上爬去，活像观景铁路上的一列火车。每一个山峰都覆盖着尖尖的树木，令人惊奇的白色村落簇拥在岩石的突出部上。在山顶上总有一座白色的尖塔，边缘是红色的平屋顶，然后是垂直而下的山崖。这不是一个人们在午茶后出去散步的地区。原因之一是这里没有草地。整面山坡全是橄榄树。在四月份，橄榄树之间的土地已经结成了干土块。既没有篱旁阶蹬也没有步道，也没有交错着树叶阴影的小巷，和带有凸肚窗的、供人吃火腿和鸡蛋的十八世纪的小客店。啊，没有，意大利是暴烈的、光秃的、暴露的，身穿黑衣的教士拖着脚步在路上走来走去。而且，奇怪的是，到处都是别墅，你怎么也摆脱不掉。

不过，有一百英镑可花时独自旅行是件很好的事情。如果钱花完了（看来这是很可能的），他就徒步旅行。他可以靠面包和葡萄酒活着——装在细长瓶子里的葡萄酒——因为到过希腊以后，罗马就不算什么了。古罗马的文化相比之下很低下，这是没有疑问的。不过博纳米仍旧是说了许多蠢话。“你该到雅典去的。”他回去后将对博纳米说。“站在帕台农神庙[1]上，”他会说，或者说，“竞技场的废墟会引起一些崇高的思索。”他将把这些思索在信中详细写

1 帕台农神庙，雅典卫城上供奉希腊雅典娜女神的住神庙，建于公元前 5 世纪中叶。

出。这可能变成一篇关于文明的文章。对比古代与现代，带上对阿斯奎斯先生的一些尖锐的抨击——吉本式的抨击。

一位矮胖的先生费劲地把自己拽了进来，浑身是土，鼓鼓囊囊，挂满了金链子，雅各布很遗憾他不是拉丁族的后裔，便转眼向窗外看去。

想到旅行了两天两夜后你就到了意大利的心脏，感到很奇怪。橄榄树中偶然出现的别墅，男仆给仙人掌浇水。黑色双座四轮敞篷马车从上面有灰泥制盾形徽章的浮华的大柱子间驶进。这样被展示在外国人眼前——这既稍纵即逝又惊人地亲近。那儿有一个从来没有人去过的孤独的山头，然而却被不久前坐在公共马车上行驶在皮卡迪里的我看见了。而我想做的是去到那田野里，坐下听听蚱蜢的声音，抓起一把泥土——意大利的泥土，就像现在我鞋子上粘的是意大利的尘土。

整夜雅各布听见他们喊叫着陌生的火车站的名字。火车靠站时他听见附近青蛙呱呱的叫声，他小心地推开窗帘，看见在月光下泛着白色的一片广阔奇特的沼泽。车厢里弥漫着雪茄烟雾，在罩着绿灯罩的灯泡周围飘动。那位意大利绅士脱掉靴子、解开背心扣子躺在那儿打呼噜。……到希腊去这桩事对于雅各布来说似乎让他厌烦得难以忍受——独自坐在旅馆里，看遗迹——和蒂米·杜兰特一起到康沃尔去对他反而会好一些。……“啊——”当他面前的黑暗开始被打破，亮光照进来的时候，雅各布抗议了，但是那人只不过是把手从他身上伸过去拿什么东西——那个穿着衬衫、没有刮胡子、衣服皱巴巴、肥胖的意大利男人正打开门要出去洗脸。

因此雅各布坐了起来，看见一个瘦削的、拿着一支枪的意大利运动员在黎明中沿大路走去，整个有关帕台农神庙的念头怦然袭上他的心头。

“上帝呀！”他心里想，“我们一定快要到了！”他把头伸向窗外，空气迎面扑来。

你的二十五个熟人能够直接说出有关身处希腊的非常切中要害的什么话，而你自己则无论什么感情都有东西阻塞着，真是太令人恼怒了。在帕特雷一家旅馆梳洗后，雅各布跟着电车轨道走出了一英里左右，又跟着它走了一英里左右返回，他遇见了几群火鸡，几头驴，在街上迷了路，读了妇女紧身胸衣和玛吉的汤料的广告，小孩踩了他的脚，到处是劣质奶酪的气味。他高兴地发现自己突然走出来到了他旅馆的对面。在咖啡杯子间有一份过期的《每日邮报》，他看了这份报。可是晚餐后他能够做些什么呢？

毫无疑问，如果我们没有惊人的幻想的天赋，总的说来，我们会比现在糟得多。在十二岁左右的时候，已经不再玩娃娃、玩具蒸汽机也已弄坏，那时，法国但更可能是意大利，或几乎肯定是印度，便将你过剩的想象力吸引了过去。你的姑姑去过罗马；谁都有一个舅舅——可怜的家伙——最后一次听到他的消息时他在仰光。他永远不会再回来了。但是开始讲希腊神话的是女家庭教师。看看那个头像（她们说）——鼻子，你看，直得像支箭，鬈发，眉毛——一切都合乎男性美；而他的腿和胳膊上的线条表明发育的完美程度——希腊人关注脸但同样关注身体。希腊人能够画出鸟会来啄的水果。你先读色诺芬[1]；然后读欧里庇德斯[2]。某一天——上帝，那可是个重大的时刻——人们说过的话显得有了意义；“希腊精神”；希腊这，希腊那，等等；尽管，附带说一下，说任何一个希腊作家接近莎士比亚的水平都是荒谬的。然而，重要的是，我们是被幻想培育成长起来的。

无疑，雅各布脑子里有着类似的想法，那份《每日邮报》在他手里揉成了一团；他两腿直伸；一副厌烦无聊的样子。

“但是我们受到的就是这种教育。”他继续说道。

对于他，一切似乎都十分令人厌恶，应该采取点什么措施。他从感到一般地抑郁，发展到像一个即将被处决的人。克拉拉·杜兰特在一次聚会上离开他去和一个叫皮尔切的美国人聊天。他大老远

1　色诺芬（公元前 431—前 350），希腊历史学家，他的著作 16 世纪就被翻译成多种欧洲文字，直到近代仍具有崇高的威望。

2　欧里庇德斯（公元前 484—前 406），古希腊三大悲剧作家之一。

地跑到希腊来，离开了她。他们穿着晚礼服，说些废话——多么该死的废话——他伸出手去拿《走遍世界者》，一本免费向旅馆老板提供的国际性杂志。

尽管现代希腊处于摇摇欲坠的状态，有轨电车体系却十分先进，因此当雅各布坐在旅馆客厅里的时候，电车当啷啷响着，敲着铃，傲慢地敲着，敲着，敲着好让驴给它让路，窗子下面一个老妇人拒绝让开。整个文明正在受到谴责。

饭店的侍者对此也十分漠然。这个叫亚里士多德的下流家伙，对现在坐在唯一的扶手椅中唯一的客人的身体具有食肉者的兴趣，卖弄地走进房间里来，放下了什么东西，把什么东西放整齐，看见雅各布仍在那儿。

“明天早上早点叫醒我，”雅各布回过头去说道，“我要到奥林匹亚[1]去。”

这种阴郁、这种屈服于在周围拍打着我们的黑暗的水流，是现代的发明。也许如克鲁坦顿所说，我们信念不足。我们的父辈们至少还有可摧毁的东西。在这方面我们也有，雅各布心里想，一面在手里揉着《每日邮报》。他将要进入议会，做漂亮的演讲——但是，你一旦稍稍屈服于那黑暗的水流，漂亮的演讲和议会又有什么

1 奥林匹亚，希腊古代宗教圣地和奥林匹克运动的发祥地。

用呢？确实，对我们血管里幸福与悲哀的涨落从来没有过任何解释。那种体面和你必须盛装参加的晚会，以及格雷旅店后面肮脏破烂的贫民窟——实际存在着的、移动不了的、怪诞的——雅各布想可能这就是背后的因素。可是还有开始使他感到困惑的大英帝国，他也并不完全赞成给爱尔兰以自治。《每日邮报》在这方面是怎么说的？

他已经长成一个男子汉了，将要浸沉于各种事情之中——正如在楼上给他把脸盆里的水倒掉、抚摸着他的钥匙、领扣、铅笔和散放在梳妆台上的一瓶瓶药片的旅馆女服务员意识到的那样。

他已经长成一个男子汉，这是弗洛林达知道的事实，因为她本能地知道一切事情。

贝蒂·弗兰德斯读着他从米兰寄来的信时疑心到这一点，她对贾维斯太太抱怨道："什么我想知道的事情都没有告诉我。"她郁郁地思索着。

范妮·埃尔默绝望地感觉到这一点。他会拿起手杖和帽子，走到窗口，一副心不在焉而又非常严峻的神情，她心里想道。

"我要去，"他会说，"找博纳米要顿饭吃。"

"反正我可以跳进泰晤士河淹死自己。"范妮匆匆走过育婴堂时叫喊道。

“但是，不能够相信《每日邮报》。”雅各布对自己说，一面四处寻找别的东西来读。他又叹了口气，确实他心情如此之郁闷，这郁闷必定已深留在他心中，随时笼罩住他。当然，在一个这样享受一切、不爱分析而又十分浪漫的人身上，这是很奇怪的，博纳米在林肯法律协会自己的房间里这样想道。

“他会恋爱，”博纳米想道，“爱上某个鼻子挺直的希腊女人。”

雅各布在帕特雷写的信是寄给博纳米的——寄给无法爱女人，并且从来没有读过一本愚蠢无用的书的博纳米。

毕竟好书太少了，因为我们不能算上量大无比的历史书、乘坐骡子车去发现尼罗河源头的游记或滔滔不绝的小说。

我喜欢所有的精华都浓缩在一两页里的那种书。我喜欢哪怕大军在上面走过仍岿然不动的句子。我喜欢硬邦邦的字——这便是博纳米的观点，这招致一些人的敌意，这些人爱好的全是早晨新生的植物，他们推开窗子，看到罂粟花在太阳下盛开，禁不住欢呼英国文学惊人的丰富多产。博纳米根本不是这样。对他的指责是，他文学欣赏的趣味影响了他的友谊，使得他沉默、遮掩、挑剔，只有在和一两个与他想法相同的年轻人在一起时才感到自在。

然而雅各布·弗兰德斯和博纳米自己的思想方法完全不同——差得太远了，博纳米叹了一口气，把薄薄的信纸放在桌子上，陷入了对雅各布性格的沉思之中，这已经不是第一次了。

问题在于他身上的这股浪漫气质。“但这种气质和导致他陷入这些荒唐的困境的愚蠢想法掺和在了一起，”博纳米想道，“有着某种——某种——”他叹了口气，因为雅各布是他在世界上最喜欢的人。

雅各布走到窗口，双手插在口袋里站在那里。他看见三个穿着苏格兰男人穿的折叠短裙的希腊人；船的桅杆；下层阶级中闲散或忙碌的人们或溜溜达达，或轻快地走出门来，或聚在一起用手比画着。造成他抑郁的原因并不是他们不关心他；而是某个深刻的信念——不是因为他自己恰好很孤独，而是所有的人都很孤独。

然而第二天，当火车在开往奥林匹亚的路上缓慢地绕过一座小山的时候，希腊的农妇在葡萄园里干活；希腊的老头子们坐在火车站上呷着甜葡萄酒。尽管雅各布仍感到抑郁，他却从来没有想到独自一人是多么让人可心的事；离开了英格兰，无牵无挂，和一切隔绝。在到奥林匹亚去的路上有些非常陡峭光秃的山峰；山峰之间的三角形空间里是蓝色的大海。有一点像英国科尼什的海岸。好吧，现在独自一个人去走上一整天——走上那条小道，沿着它在灌木丛中——还是小树丛？——往上走，直到山顶，从那儿可以看到一半古老的国家——

“好吧，”雅各布说，因为他的车厢是空的，“让我们看看地图吧。”

指责也好，夸奖也罢，你无法否认我们身上存在的那野马般的愿望。放纵地狂奔；筋疲力尽地倒在沙地上；感受地球的旋转；对石头和青草突然涌出——确实如此——极大的友好感情，仿佛人类已经完了，至于说男人和女人们，随他们去吧——根本无法否认这个事实：我们常常会受到这个愿望的支配。

晚风轻轻吹动着奥林匹亚一家旅馆的肮脏的窗帘。

“我充满了对每一个人的爱，”温特沃斯·威廉姆斯太太想道，“——特别是对穷人——对黄昏时肩负着重担回家的农民。一切都那么柔和、朦胧、非常悲哀。很悲哀，很悲哀。但是一切都有自己的意义，”桑德拉·温特沃斯·威廉姆斯心里想，一面稍稍抬起头来，样子非常漂亮，悲哀，崇高，“人必须爱一切东西。”

她戴着面纱，一身白衣，站在奥林匹亚的旅馆的窗前，手里拿着一本方便于旅行的小书——契诃夫的故事集。黄昏是多么美啊！她的美就是黄昏的美。希腊的悲剧是一切高尚的人的悲剧。那不可避免的妥协。她似乎明白了点什么。她要把它写下来。她走到丈夫坐在那儿看书的桌旁，手托着下巴心里想着农民，想着苦难，想着自己的美貌，想着那不可避免的妥协，以及她将如何写下这一切。

当他合上书放开，好给端上来放在他们面前的汤盘腾地方的时候，埃文·威廉姆斯也没有说出任何蛮横、平庸或愚蠢的话。只有他下垂的警犬般的眼睛和阴沉的灰黄色的双颊显示出他忧郁的容忍，他的这一信念，即尽管他被迫谨慎小心和深思熟虑地生活，他永远也不可能达到他知道是唯一值得追求的一些目标中的任何一个。他的考虑无懈可击；他的沉默始终未被打破。

“一切似乎都这么有意义。”桑德拉说。但是一时的着魔状态被她自己的声音打破了。她忘记了农民。剩下的只有对自己的美的意识，幸运的是，在她面前有一面镜子。

“我非常美。”她心里想。

她微微移动了一下帽子。她的丈夫看到她在照镜子，同意美是重要的，它是继承而来的，你不能忽视它。但它是一道屏障；事实上它是个令人相当厌烦的东西。因此他喝汤，眼睛一直盯在窗子上。

“鹌鹑，”温特沃斯·威廉姆斯太太懒洋洋地说，“然后是山羊，我想，再以后。……”

“想必是焦糖牛奶冻。”她的丈夫以同样的调子说道，他已经把牙签拿了出来。

她把勺子放在汤盘里，她的汤只喝了一半就端走了。她从来不做有失尊严的事情；因为她具有的是很有希腊特点的英国式的尊严，村民向她脱帽致意，教区的人尊敬她；当她在星期日早上从宽阔的平台上走下，和首相一起在石瓮旁驻足、摘下一朵玫瑰花时，园丁和园丁的助手都会尊敬地直起身子，也许当她的眼睛四下张望着奥林匹亚的旅馆的餐厅、寻找放着她的书的那扇窗子，几分钟前她在那儿发现了什么——很深刻的什么东西，关于爱和悲哀和农民——的时候，她努力想要忘却的正是和首相的一幕。

但是叹气的是埃文，不是出于绝望也不是反抗。但是，作为最有雄心性格上又是最懒散的男人，他一无所成；他熟知英国的政治史，他和查塔姆[1]、皮特[2]、伯克[3]和查尔斯·詹姆斯·福克斯[4]生活在一起，不可能不把自己和自己的时代与他们和他们的时代进行对比。“然而还从来没有什么时候比现在更需要伟大的人物。”他习惯于叹着气对自己这样说。现在他在奥林匹亚的一家旅馆里剔牙齿。他已经吃完了。但是桑德拉的眼睛还在到处看着。

“那些粉红色的瓜吃了肯定有危险。”他阴郁地说。他正说着的时候门开了，一个穿灰色格子套装的年轻人走了进来。

“漂亮但是危险。”桑德拉立刻在有第三者在场的情况下和丈夫说起话来（“啊，一个在旅游的英国男孩。”她心里想道）。

---

1 查塔姆（1708—1778），老威廉·皮特，第一任查塔姆伯爵，英国政治家。

2 皮特（1759—1806），小威廉·皮特，老威廉·皮特之子，1783—1801 年、1804—1806 年期间为英国首相。

3 伯克（1729—1797），艾德蒙·伯克，英国政治家，支持美国独立战争。但后期参加了皮特为首的保守的托利党，反对法国大革命。

4 查尔斯·詹姆斯·福克斯（1749—1806），英国政治家。1768 年进入议会，一直持反对派态度。

埃文也明白这一切。

是的，他明白这一切；而且他钦佩她。和人勾搭，他想道，很愉快的事。至于他自己，由于他的身高（他记得拿破仑是五英尺四英寸高），他的大块头，他的缺乏施加自己个性的影响的能力（然而现在比任何时候都更需要伟人，他叹了口气），那是白费劲。他扔掉了雪茄烟，走到雅各布面前，带着雅各布喜欢的一种朴素的诚意问他是不是直接从英国来的。

"真够有英国特点的！"当侍者次日早晨告诉他们，那位年轻绅士五点钟就出发去爬山了，桑德拉听了大笑起来。"我肯定他问你洗澡的事来着。"侍者摇了摇头，说他要去问问经理。

"你不明白，"桑德拉笑道，"没关系。"

雅各布独自伸开身子躺在山顶上，感到非常快乐。可能他一生中还从来没有这么幸福过。

但是那天吃晚饭的时候，威廉姆斯先生问他想不想看报纸；然后威廉姆斯太太问他（当他们在平台上吸烟散步的时候——他又怎么可能拒绝那男人的雪茄烟呢？）他是否在月光下看过那座剧院；他是否认识埃佛拉德·舍伯恩；他是否会希腊文，以及（埃文默默站起来走进屋子里去）如果他必须牺牲一个的话，他会牺牲法国文学还是俄国文学？

"而现在，"雅各布在给博纳米的信中写道，"我将不得不读她那本该死的书。”——他是指她的那本契诃夫的书，因为她把这本书借给了他。

尽管这意见不受欢迎，但看来很可能是光秃秃的地方、石头多得无法耕种的土地和处于英美之间的汹涌翻腾的水生动物丰富的大海比城市更适合我们。

在我们身上有着某种蔑视界定的绝对的东西。在社会上遭到取笑和歪曲的正是这东西。人们聚集在一个房间里。一个人说：“见到你真高兴。”可这是谎话。又有人说：“现在，比起秋天来，我更喜欢春天了。我想，人渐渐老了的时候会这样的。”女人总是、总是、总是在谈人的感觉，如果她们说“人渐渐老了的时候”，她们是要你回答些完全不相干的东西。

雅各布在希腊人为修建那座剧院开采大理石的采石场坐了下来。中午的时候爬上希腊的山峰是件很热的事情。红色的野仙客来开花了；他看见小乌龟从一丛花下蹒跚着爬到另一丛花那儿去；空气刺鼻，突然又充满了芳香，阳光照射在凹凸不平的大理石碎片上，十分刺眼。他坐在那儿吸着烟斗，安然自若、居高临下、轻蔑傲慢、稍怀伤感、陷入在一种庄严的厌倦感之中。

博纳米会说这便是使他不安的那种事情——当雅各布陷入意气消沉的状态，看去像个失业的马加特渔民，或一个英国海军上将的时候。他在这种心情之下的时候你没法让他了解任何事情。最好是别去理他。他迟钝。他容易脾气暴躁。

他一大早就起床了，拿着导游手册参观雕像。

桑德拉·温特沃斯·威廉姆斯穿一身白衣，早饭前在世界上来回搜索，寻找奇遇或一个观点，她个子也许不算高，但身子却挺得少有的直——桑德拉·威廉姆斯把雅各布的头放在了和普拉克西特利斯[1]雕塑的赫尔默斯[2]的头完全等同的高度上。对比完全对雅各布有利。但在她能够说出什么之前，他已经走出博物馆，离开了她。

一个时髦的夫人旅行时带着不止一套衣裙，如果白衣适合于早晨，也许带紫色点子的沙黄色衣裙、一顶黑帽子、一部巴尔扎克的作品适合于晚上。雅各布回来时她就是这样打扮好了在平台上，看去非常漂亮。她交叠着双手在沉思，似乎在听丈夫说话，似乎在看背着柴的农夫走下山来，似乎注意到山的颜色如何从蓝变黑，似乎在分辨真和假，雅各布心里想，他注意到自己的裤子寒酸到了极点，突然叠起了腿。

“但是他的样子非常出众。”桑德拉认定。

而报纸放在膝盖上、靠在椅子里的埃文·威廉姆斯很羡慕他

1　普拉克西特利斯，公元前4世纪雅典雕刻家，其著名作品现仅存《赫尔默斯》大理石雕像。
2　赫尔默斯，希腊神，宙斯和迈亚的儿子。

们。他能够做的最好的事情将是在麦克米伦公司出版他的关于查塔姆外交政策的专题著作。但是这种浮夸、不自在的感觉真该死——这种烦躁不安、自负和压力——这是妒忌！妒忌！妒忌！他曾发过誓再也不去感到妒忌的。

“弗兰德斯，和我们一起到科林斯去吧。”他在雅各布的椅子旁停下，以超乎他平时的热情说道。雅各布的回答使他感到宽慰，或者说，是他在说他很愿意和他们一起到科林斯去时那实在的、直接的、但又羞涩的样子使他感到宽慰。

“这家伙不错，”埃文·威廉姆斯想道，“他从政会很成功的。”

“只要我活着，我打算每年都到希腊来，”雅各布在信里对博纳米说，“这是我能看到的在文明下保护自己的唯一机会。”

“天知道他这话是什么意思。”博纳米叹道。因为他自己从来没有说过笨拙的话，雅各布这些隐晦的说法使他感到忧心忡忡，然而不知怎的又给了他很深的印象；他自己的特点是主张肯定的、具体的、理性的一切。

桑德拉踏着小路从科林斯的最高点往下走、雅各布在她旁边走在高低不平的路边，再也没有什么比当时桑德拉说的话更简单的了。她四岁时失去了母亲；花园宅第非常之大。

“你似乎永远也走不到外面去。”她笑道。当然那儿有藏书室，有亲爱的琼斯先生，对事情也有想法。“我常常乱走到厨房里去，坐在男管家的膝头。”她笑着，但带着悲哀。

雅各布想，如果他当时在那儿，他会拯救她的，因为他感到她面临着巨大的危险，而且他暗自想道：“一个女人像她这样说话的时候，人们是不会理解她的。”

她不在乎山的崎岖；他看到她短裙下穿着马裤。

“像范妮·埃尔默这样的女人不这样，”他想道，“那个叫什么什么卡斯雷克的也不；然而她们假装……”

威廉姆斯太太有什么话就直接说出来。他对自己在行为准则方面的知识感到吃惊。你能够比你认为该说的多说多少，你对女人可以坦诚到什么地步，以及他过去对自己的了解是多么少。

埃文和他们一起上了路；当他们乘车上山下山之时（希腊正处于生机勃勃的状态，但一切惊人的清晰，没有树木，你从草的叶片之间看见土地，每一座山如开凿成形，轮廓往往映衬在闪闪发光的深蓝色海水中，岛屿白得像沙子一般飘浮在天际，偶尔有棕榈树丛直立在山谷之中，山谷里散布着黑山羊，点缀着小小的橄榄树，有时在侧坡上有白色的坑凹闪现，纵横交错），当他们乘车上山下山之时，他在车厢角落里阴沉着脸，手捏得紧到骨节间的皮肤紧绷着，汗毛直立。桑德拉坐在对面，主宰一切，像准备直冲上天空的胜利女神。

“无情无义！”埃文想（这不是事实）。

“一点没有脑子！”他猜想（这也不是事实）。“然而……”他羡慕她。

到就寝时，雅各布发现难的是给博纳米写信。然而他看到了萨拉米斯城，并从远处看到了马拉松城。可怜的老博纳米！不，这有点奇怪。他没法给博纳米写信。

“我还是要到雅典去。”他下了决心，样子很坚决，腰上像有钩子在扯着他。

威廉姆斯夫妇已经去过雅典了。

雅典仍然能够给一个年轻人这样的印象：一种古怪的结合，各种最不协调的东西的组合。时而是褊狭土气，时而是高尚不朽。时而在丝绒托盘上放着欧洲大陆的廉价首饰。时而庄严高贵的女子裸体站立，只在膝盖上方有着波浪形的织物。一个烈日炎炎的下午，当他漫步在雅典的巴黎林荫大道上，跳起来躲闪那显得说不出的摇摇欲坠的、沿坑坑洼洼的路面轧轧行驶的、受到穿戴着低廉的圆顶硬礼帽和欧洲大陆服装的男女公民致敬的皇家四轮马车时，雅典在他的感觉中没有形成任何固定的体统；尽管一个穿着苏格兰短褶裙、高筒松紧鞋、戴着帽子的牧羊人差点把山羊赶到了皇家马车的车轮底下；在整个这段时间里，卫城一直高耸在空中，超出于城市之上，像一个巨大的静止不动的波浪，上面坚实地竖立着帕台农神庙的黄色圆柱。

在一天的任何时间里都可以看到帕台农神庙的黄色圆柱坚实地竖立在卫城之上；在日落时分，当皮雷埃夫斯港中的船只鸣炮、钟声响起、一个穿着制服（背心没有扣上）的男人出现了；妇人们卷起她们在圆柱的阴影下编织着的黑色长筒袜，呼唤着孩子，成群结队地下山回家。

它们又赫然在望了，那圆柱、那山墙、那胜利女神庙和厄瑞克忒翁庙[1]，全都竖立在黄褐色的被阴影劈开的岩石之上；早晨你一拉开百叶窗，探出身子，就能听到下面街道上马蹄嗒嗒、人声喧嚣、鞭子在空中抽得噼啪响。它们赫然在望。

它们时而是耀眼的白色，时而又是黄色，在有的光线之下呈现出红色，它们竖立时那极端明确肯定的态势给人以永存感，感到从大地涌现出的某种精神的力量，这种力量在别的地方都浪费在精致的琐事上了。但是这种永存性和我们对它是否赞慕无关。虽然其美所包含的人性足以使我们软弱，搅起深深积淀的淤泥——记忆、放纵、悔恨、伤感的挚情——帕台农神庙和这一切不相干；而你如果

---

1 厄瑞克忒翁庙，公元前 421—前 405 年建于希腊雅典卫城上的雅典娜神殿，由于其体形复杂和细部精致完美而闻名。

想到它怎样多少个世纪整夜站在外面，你就会开始把这强烈的光芒（中午的时候强光刺目，几乎看不到柱子的中楣）和这样的想法联系起来：也许只有美是永恒的。

除此之外，比起带着疤瘌的拉毛粉刷的墙壁、在吉他的拙劣弹奏和留声机声中唱出的刺耳的新情歌、街上人们表情多变然而无足轻重的脸来，帕台农神庙的肃穆沉着确实令人惊讶；帕台农神庙是如此充满活力，它不仅没有衰败，反而显得会比整个世界存在得更为长久。

“希腊人很明智，他们从不费心去完成塑像的背面。”雅各布说，他手搭在眼睛上挡住光，注意到雕像看不见的一面没有经过任何加工。

他注意到一行石阶中小小的不规则之处，他在导游手册中读到，这是因为“希腊人的艺术感使他们喜欢这样，而不喜欢数学般的精确”。

他站在伟大的雅典娜的雕像曾耸立过的地方，认出了脚下景色中较为著名的标志。

总之，他认真而勤奋；但是深感郁闷。何况导游们还不断纠缠他。这是星期一的事。

但是在星期三他草拟了一封给博纳米的电报，让他马上就来。

然后又在手里揉成一团，扔到了路沟里。

“一则他不会来，”他心里想，“再说我敢说这类感觉会逐渐消失的。”“这类感觉”指的是那种不安、痛苦的感觉，有点像自私的感觉——你几乎希望这种感觉会停止下来——它正变得越来越超出可能的范围——“如果再继续一段时间，我将无法应付它——但是如果另外有一个人同时在看它——博纳米在林肯法律协会自己的房间里，脑子给塞满了——啊，我说，见鬼，我说。”——当你在日落时的帕台农神庙，一边是伊米托斯山、彭特利库斯山、利卡伯图山，另一边是大海，天空呈现轻柔的粉红色，旷野色彩纷呈，大理石在你眼中显出黄褐色，这景象令人感到这样的沉重。幸而雅各布很少联系到具体的个人，他很少想到柏拉图或苏格拉底的肉体存在；而另一方面，他对建筑的感情很强烈，他喜欢雕塑胜于画，他已开始大量考虑文明的问题。当然，这些问题已经被古希腊人卓越地解决了，尽管他们的解决办法对我们没有什么帮助。后来，星期三晚上当他躺在床上睡觉时，那只钩子狠狠地在他的腰里扯了一下；他不顾一切地打个滚翻过身子，想起了他爱上了的桑德拉·温特沃斯·威廉姆斯。

第二天他爬上了彭特利库斯山。

再过一天他上了卫城。时间很早，那儿几乎没有什么人，很可能要打雷。但是卫城上阳光灿烂。

雅各布打算在这里坐下来看书，他看到在很合适的地方有一块鼓形大理石，可以看得见马拉松山，厄瑞克忒翁庙在他眼前闪着耀眼的白光，但是石头却在阴影里。他在石头上坐了下来。读了一页书后，他把拇指夹在书里。为什么不按应该的那样去统治国家？他又接着读了下去。

无疑，他处于能够居高临下俯瞰马拉松山的位置，这使他的情绪高涨起来。也可能一个迟缓的大容积的大脑会有这样繁荣的瞬间。也可能当他在国外的时候，养成了考虑政治的习惯。

后来他抬起头来看到了那清晰的轮廓，他的沉思具有了奇特的尖锐性；希腊结束了；帕台农神庙已成废墟；然而他在这里。

（拿着绿色和白色雨伞的女士们从院子里走过——路过此地到君士坦丁堡去和丈夫会合的法国女士们。）

雅各布继续读书。然后把书放在地上，仿佛受到所读内容的启示，开始写关于历史的重要性——关于民主——的笔记，那种可能成为毕生工作的基础的草记之一；但也可能在二十年后从一本书里掉出来，自己连一个字也记不得了。这有点痛苦。最好把它烧掉。

雅各布写着，开始画一只挺直的鼻子；而就在他的下面，所有的法国女士们张开、收拢手里的雨伞，看着天空感叹，也不知道这天气会怎么样——究竟是下雨还是晴天？

雅各布站起来，漫步向厄瑞克忒翁庙走去。那里仍有几个用头支持着屋顶的女神柱。雅各布微微挺直起身子；因为稳定和平衡首先影响的是身体。这些雕像简直使别的东西显得不存在了！他目不转睛地凝视着它们，然后转过身去，正看见吕西恩·格雷夫夫人高踞在一块大理石上，手中的柯达相机对准他的头。当然，她不顾她的年龄、身材和紧腿靴子跳了下来——现在女儿已经结婚，她便坠入了就其本身而言相当辉煌的纵情放任之中，成了个一身肥肉的怪物；她跳了下来，但雅各布已经看见她了。

“这些该死的女人——这些该死的女人！”他心里想。他走回去拿留在帕台农神庙地上的书。

“她们真煞风景。”他身子靠在一根圆柱上，把书紧夹在胳膊和腰之间，嘴里嘟哝道（至于天气嘛，毫无疑问暴风雨即将来临；雅典在浓云密布之下）。

“就是这些该死的女人。”雅各布说，没有一丝怨恨，有的只是因本来可能的事永远不会成为现实而感到的悲哀和失望。

（这强烈的失望感在青年男子身上出现一般是很自然的，他们风华正茂、身强体壮，不久将成为家庭中的父亲和银行的经理。）

雅各布在肯定法国女人们都已离开，并小心地环顾四周之后，向厄瑞克忒翁庙走过去，偷偷地看着左侧那个头顶屋顶的女神。她使他想起桑德拉·温特沃斯·威廉姆斯。他看着她，然后转开了眼睛。他非常感动，他头脑中想着那满目疮痍的希腊鼻子、想着桑德拉、想着各种各样的事情，开始独自一人在炎热中一直爬上了伊米托斯山的山顶。

就在那天下午，博纳米和克拉拉·杜兰特一起在斯隆街后面广场上克拉拉家吃茶，专为谈雅各布的事。在炎热的春天的日子里，她家前窗上挂着条纹遮帘，单匹的马儿用蹄子刨蹬着门外的碎石路，穿着黄色背心的上年纪的绅士按响门铃，当女仆娴静地回答说杜兰特太太在家时，便有礼貌地走进门去。

博纳米和克拉拉一起坐在充满阳光的前屋里，窗外送来甜美的手摇风琴声；水车缓慢地行驶着往人行道上洒水；马车铃声叮咚，所有的银器、擦光印花布、棕色和蓝色的小地毯、插满绿枝的花瓶上都摇曳着条条黄色阳光。

谈话内容的枯燥无味不必细说——博纳米不断轻声地做出回答，并对像被挤压在一只白缎子鞋里的被阉割的生存状态越来越感到惊奇（杜兰特太太这时在后屋里正和某某爵士阐述她坚定的政治观念），直到他觉得克拉拉纯洁的灵魂似乎很坦率；灵魂深处仍是陌生的；如果不是因为他开始肯定地意识到克拉拉爱着雅各布——而他毫无办法——他本来是会提到雅各布的名字的。

“毫无办法！”门关上后他大声说道，而且当他穿过公园时，产生了对于像他这样性格的人来说十分奇怪的感觉：对于不可抗拒地被驱赶前行的马车；对于一丝不苟地成几何图形的花圃；对于世界上毫无意义地围着几何图形冲来冲去的力量。“克拉拉是不是一个，”他停下脚步看男孩子们在蛇形湖里戏水，心里想道，“不说出自己心事的女人？——雅各布会和她结婚吗？”

但是在雅典，在阳光下，在几乎不可能吃到下午茶的雅典，那儿上年纪的绅士们完全用相反的方式谈论政治，在雅典坐着桑德拉·温特沃斯·威廉姆斯，穿着白色的衣服，戴着面纱，两腿向前直伸，一只胳膊放在竹椅子的扶手上，蓝色的烟雾从她的香烟上升起、飘动。

在宪法广场上繁茂地生长着的柑橘树、乐队、拖拉的脚步声、天空、房屋、柠檬黄或玫瑰红的颜色——在温特沃斯·威廉姆斯太太喝了第二杯咖啡后这一切都变得非常有意义，她开始把那个高贵而感情易于冲动的英国女人的故事加以戏剧化。这个英国女人在迈锡尼[1]主动把马车里的一个座位让那个年老的美国妇女（杜根太太）坐——并不完全是虚假的故事，尽管根本没有提到埃文，他不停地倒换着两只脚站在一边，等着女人停止她们喋喋不休的闲聊。

“我在把达米安神父的生平用诗歌的形式写出来。”杜根太太

1 迈锡尼，阿果立特史前期的希腊城市，自19世纪70年代被发现以来，一直被认为是希腊大陆青铜晚期时代的主要遗址。

说，她失去了一切——她世上所有的一切，丈夫、孩子、一切的一切，但没有失去信仰。

桑德拉的思绪从具体飘向普遍，神情恍惚地倚躺着。

如此悲惨地催促我们前行的飞逝的岁月；眼下突然绽成火红的火焰，就像绿叶中那些短暂的黄色圆球（她正看着柑橘树）般无穷的单调平淡的生活；定然要消失的唇上的吻；世界在声和热的迷津中旋转、旋转——虽然说确实也有安静的、美丽苍白的黄昏，“因为我对每一个方面都十分敏感，”桑德拉心里想，“而且杜根太太会永远给我写信，我也会给她写回信。”这时举着国旗列队经过的皇家乐队引起了她心中更大的感情波澜，生活变成了勇敢者登在上面出海的东西——头发被风吹得飘在脑后（她是这样想象的，微风轻轻吹动了柑橘树），她自己正从银色浪花中涌现——这时她突然看见了雅各布。他胳膊下夹着一本书正站在广场茫然地看着四周。他身材笨重，有朝一日会发胖，这是不争的事实。

但是她怀疑他只不过是个乡巴佬。

“那个年轻人在那里，”她暴躁地扔掉香烟，说道，“那个弗兰德斯先生。”

“在哪儿？”埃文说。“我没有看见。”

“哦，走开去了——现在在树后边。不，你看不见他。不过我们肯定会碰上他的。”当然，他们碰见了他。

但是他究竟在多大程度上是个乡巴佬？雅各布·弗兰德斯二十六岁时在多大程度上是个愚蠢的家伙？想要概括一个人是徒劳的。你必须根据暗示，不完全看说的是什么，也还不完全看做的是什么。确实，有人一见面就对人的性格产生了无法消除的印象。另一些人则拖延、踟蹰、随风倒。善良的老太太有把握地告诉我们猫常常最能判断性格。她们说，猫总是走到好人身边；可是雅各布的房东怀特霍恩太太却讨厌猫。

还有一种极受尊重的意见，认为当前对性格的炒卖做得太过分了。毕竟，范妮·埃尔默整个是一个感情情绪型、杜兰特太太铁石心肠——这有什么关系呢？克拉拉，主要由于（炒卖性格的人们说）受她母亲的影响，还从来没有机会独立地干过任何事情，只有极富观察力的眼睛才看得出她感情的深度，这是令人十分害怕的；用不了多久会委身于某个配不上她的人，除非，炒卖性格的人们说，她身上有她母亲气魄的火花——反正有点英雄气概才行。但是这个词用在克拉拉·杜兰特身上太不合适了！另外的人认为她在一定程度上很单纯。他们说这正是她吸引迪克·博纳米的原因——那个长着威灵顿式鼻子的年轻人。要说他可是个实力难料的对手。这类流言蜚语往往会在此突然停住。显然他们是想暗示他的独特的脾性——这一点长期以来一直在他们中间传播着。

“但是有的时候那种脾性的男人需要的恰好正是像克拉拉这样

的女人……”朱丽亚·艾略特小姐会这样暗示道。

“哦，”鲍利先生会回答说，“可能是的。”

无论这些爱传闲话的人坐在那儿多长时间，也无论他们怎样把闲话的受害者的性格钉得像放在高温下的鹅肝般肿胀柔软，他们却从不下结论。

“那个年轻人雅各布·弗兰德斯，”他们会说，“样子多么高贵——然而却如此笨拙。”然后他们便会把力气花在雅各布身上，永远动摇在这两个极端之间。他骑马纵狗打猎——勉强可以算是吧，因为他穷得身无分文。

“你听说过他的父亲是谁吗？”朱丽亚·艾略特问道。

“他们说他母亲和罗克斯比尔家有那么点亲戚关系。”鲍利先生答道。

“反正他从不拼命干活。”

“他的朋友很喜欢他。”

“你是指迪克·博纳米？”

“不，我不是指这个。显然对雅各布是另一回事。他正是那种轻率地陷入热恋然后后悔一辈子的年轻人。”

“啊，鲍利先生，”杜兰特太太傲慢地向他们袭来，说道，“你记得亚当斯太太吗？她是她的侄女。”鲍利先生站起身来，有礼貌地鞠了个躬，去取来了草莓。

在这种情况下我们被迫回过头去看看，当另一方面的人——在俱乐部和内阁中的男人们——说，描绘人的性格是轻浮的炉边艺术，是针头线脑的小事，是精致的外壳下包含的空虚、炫耀和胡涂乱抹时，他们是什么意思。

在北海海面上战舰呈放射状排列，精确地保持着彼此停泊地之间的距离。在得到某个信号后，所有的大炮都瞄准同一个目标发射，目标起火，炸成碎片（主炮手手里拿着表读秒——读到第六秒时他抬起头来看）。十几个风华正茂的年轻人以同样漠然的神态、面色镇静地下到海的深处，在那儿无动于衷地（尽管熟练地操纵着机械）、毫无怨言地一起忍受缺氧之苦。陆军士兵像一批批锡做的玩具士兵一样遍布在玉米地里、沿山坡往上爬、停住、微微地左右摇摆、猛地卧倒在地，只是通过望远镜能够看到，还有一两个人像折断了的火柴棍似的上下摆动。

他们说，这些行动，和银行、实验室、大臣、公司的持续不断的交易一起，是将世界向前划去的船桨的划动。做这些事情的人雕琢得很光滑，和在卢德盖特圆形广场的缺乏热情的警察一样。但是你会注意到，他的脸远不是被塞得圆圆的，而是充满意志力地紧绷着，并由于努力保持这一状态而消瘦。当他举起右臂时，他血管中所有的力量都直接从肩膀流进了手指尖；没有一丝一毫分散到突然的冲动、伤感的悔恨、过分细微的区别之中。公共汽车准时停下。

我们就是这样生活的，他们说，被一种无法捕捉的力量驱使着。他们说小说家从来没有捕住过它；它猛冲过他们的罗网，把网撕成碎片。他们说，我们就是靠这个生活的——这个无法捕捉的力量。

“男人们到哪儿去了？”吉本斯老将军问道，一面环顾在星期日下午总是充满了衣着考究的人的客厅。“枪到哪儿去了？”

杜兰特太太也在看。

克拉拉以为母亲需要她，就走了进来；然后又走了出去。

他们在杜兰特家谈论着德国，雅各布（在那无法捕捉的力量的驱使下）快步沿赫姆斯街走来，和威廉姆斯夫妇撞了个满怀。

“啊！”桑德拉怀着突然感到的热诚大声说道。埃文补充说，“运气真好！”

他们在面朝宪法广场的旅馆里请他吃的晚餐棒极了。电镀过的食物篮里放着新鲜的面包卷。有真正的黄油。肉几乎用不着数不清的上了浇汁的亮光光的红红绿绿的小块蔬菜加以伪装。

不过有点不可思议。在交织着黄色的希腊国王的姓名的第一个字母的大红地毯上，间隔开放着小餐桌。桑德拉和平时一样戴着帽子及面纱吃饭。埃文回过头去东张西望；沉着而顺从；有时叹口气。不可思议。他们是英国人，在一个五月的黄昏在雅典聚在了一起。雅各布一面自己拿这样那样的东西吃，一面很有头脑地回答着问题，不过声音里有种特别的调子。

威廉姆斯夫妇说他们第二天一早要动身到君士坦丁堡去。

“在你起床之前。”桑德拉说。

那么他们要听任雅各布自便了。埃文稍稍回头去点什么东西——一瓶酒——他带着某种关心，某种父辈的关心（如果这是可能的话）给雅各布倒酒。由他自便——这对年轻人是很好的。国家还从来没有这么需要过人。他叹了一口气。

“你去过卫城了？”桑德拉问道。

“去过了。”雅各布说。他们一起走到窗子前，埃文则在嘱咐服务员的总管明天一早叫醒他们。

“真是令人惊讶。”雅各布声音粗哑地说。

桑德拉微微睁开眼睛。可能她的鼻孔也微微张大了一些。

“那么六点半起床。”埃文说，一面向他们走过来，在面对背靠窗子站着的妻子和雅各布时，他仿佛在正视着什么东西。

桑德拉对他微微一笑。

他走到窗前又无话可说，桑德拉便用不完整的句子接着说道：

“哦，太好了——不是吗？卫城，埃文——或许你太累了。”

听到这话埃文看着他们，或者说，既然雅各布两眼直瞪着前面，阴沉地、愠怒地，然而又带有某种悲伤地看着他的妻子——并不是说她会同情他。他所能做的任何事情也不会使难以平息的爱的精神不再折磨他。

他们离开了他，他坐在吸烟室里，吸烟室面朝着宪法广场。

“埃文独自一个人的时候要快活些，”桑德拉说，“我们被报纸拆开了。唉，人能够得到他们所想要的是最好的了。……我们认识以后你看到了所有这些了不起的东西。……什么印象……我觉得你变了。”

“你想去卫城，”雅各布说，“那么上去吧。”

“人一辈子都会记得这地方的。”桑德拉说。

“是的，”雅各布说，“真希望你在白天能来。”

“这更好。”桑德拉说着挥了挥手。

雅各布呆呆地看着。

“可是你应该在白天看帕台农神庙，”他说，“你明天不能来——太早了是吧？”

“你独自一个人在那儿坐了许多小时吗？”

“今天早上有几个可怕的女人。”雅各布说。

“可怕的女人？”桑德拉重复道。

“法国女人。”

“可是非常美妙的事情发生了。”桑德拉说。十分钟，十五分钟，半个小时——这就是她面前所有的时间。

“是的。”他说。

“当一个人在你这个年龄时——当一个人年轻时。你打算干什么？你会恋爱——啊，是的！可是别太着急。我年纪大多了。”

她被擦肩而过的散步的男人挤下了人行道。

“我们还继续往前走吗？”雅各布问道。

“继续走吧。”她坚持道。

是因为她在告诉他之前不能停下来——或者听到他说之前——还是她要求的是他的某个行动？她觉察到它在遥远的地平线上刚刚露头，无法放得下。

“你永远也无法让英国人这样在外面坐着。”他说。

“永远不可能——不能。等你回到英国以后你不会忘记这个——要不和我们一起到君士坦丁堡去吧！”她突然高声说道。

“可是那……”

桑德拉叹了一口气。

“当然你得到德尔法去，”她说，“可是，”她自问，“我想从他那儿得到什么呢？也许是我错过了什么。……”

“你大约会在晚上六点到那儿，”她说，“你会看见鹰的。”

雅各布在街角的灯光中看上去神情坚决，甚至是不顾一切，然而很镇静。也许他很痛苦。他轻信。然而他身上有着某种刻薄的东西。他内心具有产生极端幻灭的种子，中年妇女会给他带来这种幻灭感。也许，如果一个人做出足够的努力攀登到山顶，这种感觉就没有必要来到——这种中年妇女带来的幻灭感。

“这个旅馆糟透了，”她说，“前面一个客人脸盆里的脏水还留着。总是有这种情况。”

“我们遇到的人真让人讨厌透了。”雅各布说。

他的激动是显而易见的。

“写信告诉我，”她说，“告诉我你的感觉和你的想法。告诉我一切。”

夜很黑。卫城是一片参差不齐的土冈。

“我很愿意，非常愿意。”他说。

“等我们回到伦敦，我们会见面……”

“是的。”

“我想他们不会关大门吧？”他问道。

“我们可以爬过去！”她不顾一切地答道。

云从东向西飘过天空，遮蔽了月亮，使卫城陷入完全的黑暗之中。云团聚集；雾气变浓；飘浮的缕缕薄雾停了下来，越聚越厚。

这时雅典一片黑暗，只有沿街处有道道轻柔的红光，还有皇宫正面被电灯照得一片惨白。海边的码头很突出，由隔开的圆点标明；看不见海浪，岬角和岛屿是亮着几盏灯的黑黢黢的小丘。

“要是可以我很想带上我的兄弟。”雅各布喃喃道。

“等你的母亲到伦敦来时——”桑德拉说。

希腊大陆一片黑暗；在离埃维厄岛不远处，想必一团云触到了波浪，使波浪四溅——海豚越来越深地向海的深处环游。风猛烈地扫过希腊和特洛伊平原之间的马尔马拉海。

在希腊以及在阿尔巴尼亚和土耳其的高地上，狂风卷刮起沙土，风中布满干燥的微粒。然后猛烈地抽击清真寺光滑的圆顶，使直挺挺地耸立在穆斯林们顶端刻有头巾的墓碑旁的柏树吱嘎作响、怒气冲天。

桑德拉的面纱被刮得乱飘。

“我把我的这本书送给你，”雅各布说，“给。你会留着它吗？”

（这是本多恩[1]的诗集。）

空气急速流动。时而露出一颗急行的星星。时而一片漆黑。时而灯光一个接着一个熄灭。时而伟大的城市——巴黎——君士坦丁堡——伦敦——像散布着的岩石般黑黢黢。可能能够分辨得出河道来。在英国树木已经枝繁叶茂。在这儿，也许在南方的某个树林里，有个老人燃起了干枯的蕨草，惊起了小鸟。羊发出咳嗽般的声

1　多恩（1572—1631），英国玄学派诗人，散文作家，对17和20世纪作家影响巨大。

音；一朵花微微弯向另一朵花。英国的天空比东部国家的要柔和一些、更带一些乳白色。青草满坡的小山向天空传送去了某种温柔的东西、某种潮湿的东西。含盐的风刮进了贝蒂·弗兰德斯卧室的窗子，这位寡妇用一个胳膊肘微微支起身子，叹了一口气，这是一个意识到死亡的压抑，但渴望能稍稍长久一点地挡住——啊，就稍稍长久一点点！——挡住死亡的压抑的女人的叹息。

但是还是回到雅各布和桑德拉身上去吧。

他们消失了。卫城就在那儿。但是他们到达过这里吗？圆柱和神庙依然存在；生者的情感年复一年地重新倾注在它们之上；这感情有多少还存在着呢？

至于说到达卫城，谁又能说我们能做到这一点，或者说，当雅各布第二天早上醒来时，他能够找到任何结实经久的东西永远保存起来吗？不过，他还是和他们一起到君士坦丁堡去了。

桑德拉·温特沃斯·威廉姆斯醒来后当然在她的梳妆台上看到一本多恩的诗集。而且这本书会竖放在英国的乡间宅第中的书架上，某一天萨利·达根的诗歌体《达米安神父[1]传》将会加入这一行列。那儿已经有了十到十二本小书了。桑德拉在黄昏时分漫步走进来，会翻开这些书，眼睛就会发亮（不过不是因为书中的文字），

1 达米安神父（1840—1889），比利时天主教司铎。

她坐进扶手椅，再度吮吸那瞬间的精华；或者——因为有时候她会烦躁不安——把书一本接一本地抽出来，像个杂技演员从一根杆子荡悠到另一根杆子那样掠过自己生命的全部空间。她曾有过自己的难忘时刻。这时，楼梯平台上的有摆落地大座钟嘀嗒地走着，桑德拉便会从中听到岁月的积聚，于是问自己："为了什么？为了什么？"

"为了什么？为了什么？"桑德拉会这样说着把书放回原处，然后漫步到镜子前，用手按着头发。晚饭时爱德华兹小姐张开嘴吃烤羊肉时，就会对桑德拉突然的关心感到吃惊："你幸福吗，爱德华兹小姐？"——西塞·爱德华兹已经多年没有想过是否幸福的事了。

"为了什么？为了什么？"从他系靴子带、刮胡子的方式来判断，雅各布从来不问自己这类问题；还从他那夜睡得多沉来判断——尽管风把百叶窗刮得不停地摇动，半打蚊子在他耳边嗡嗡叫。他年轻——是个男人。不过以桑德拉的判断，认为他这个人直到目前仍很轻信，是正确的。到四十岁时就可能是另一回事了。他已经把他所喜欢的多恩的诗句标了出来，而这些地方都是很具有野性的。但是你可以把多恩的这些诗句和莎士比亚最纯美的诗篇放在一起。

然而狂风正把黑暗卷过雅典的街道，你可以认为它带着一种压倒一切的力量和心态裹卷着黑暗，不允许你对任何个人的感情进行过于仔细的分析，或对其面貌仔细观察。所有的脸——希腊、地中海东部各国、土耳其、英国人的脸——在黑暗中看起来都会是一个样子。终于圆柱和神庙泛出白色、黄色，转成玫瑰色；金字塔和圣彼得大教堂呈现了出来，最后，懒洋洋的圣保罗大教堂也隐约显现。

基督徒有权以他们对一天的意义的诠释将多数城市唤醒。然而，不如他们那么悦耳地信奉不同教派的人发表着自己带争论性的修正。轮船像把巨大的音叉发出响亮的声音，陈述着一个古老、古老的事实——大海如何在外面动荡着，无情地、幽幽地闪着绿光。但是，如今是从漏斗口里送来的尖细的责任之声召集起了最大量的人群，夜只是在铁锤敲击之间的长叹，深深的一口气——即使在伦敦的中心，你也能从开着的窗子里听见这长叹。

可是，除了神经衰弱和失眠的人，或高站在高崖上、人群之上，用手蒙着眼睛的思想家之外，谁能够这样不见血肉地只以骨架轮廓来看事物呢？在苏比顿骷髅是裹在肉里的。

“水在晴朗的早晨从来不会煮得这么开。”格兰德奇太太说，一面看了一眼壁炉台上的钟。然后灰色的波斯猫在窗下座位上伸懒腰，并用软软的圆爪子扑打一只蛾子。早餐还没有吃到一半（今天早上吃得晚了）一个孩子就放到了她的怀里；当汤姆·格兰德奇读《泰晤士报》上高尔夫球的新闻、小口喝着咖啡、擦小胡子的时候，她必须得看着糖盆子；他去上班了，他在办公室是外汇方面最大的权威，预定要得到提升的。

骷髅被很好地裹在肉里。即使在这个黑暗的夜里，当狂风把黑暗卷过隆巴德街和费特巷以及贝德福特广场时，骷髅动了（因为这是夏天，是社交的旺季），梧桐树上装饰着电灯，窗帘仍保护着房间不受黎明的侵入。人们仍喃喃念叨着在楼梯上说过的最后的话或在梦中使劲听闹钟有没有响。当风在森林中游动，无数枝丫颤动；蜂巢被扫过；昆虫在草叶上摇晃；蜘蛛迅速沿树皮上的皱褶往上爬；整个空气充满了风声的震颤；细丝样的弹性。

只有在这里——在隆巴德街和费特巷以及贝德福特广场——每一只昆虫在自己的头脑里装着一个地球仪，森林里的网是为买卖顺利成交而发展出来的规划；蜂蜜是这样或那样的珍宝；空气的颤动是生活难以描述的激动不安。

但色彩恢复了，爬上了草茎，在郁金香和藏红花中突然出现，给树干染上道道金色，充斥在空气的薄雾中、草地上和池塘里。

英格兰银行大楼现出的身影、覆盖着一头金发的纪念像、正在过伦敦桥的拉货车的马匹，开始现出灰色、草莓色和铁灰色。当郊区的火车驶进终点站的时候引起一阵翅膀的呼呼声。车灯的光掠过所有高大的遮着窗帘的建筑物，从缝里溜进去，把鲜红的、被吹得鼓起来的、有光泽的窗帘映亮，还有绿色的酒杯、咖啡杯，以及歪放着的椅子。

阳光照在了刮脸用的镜子上，照在亮闪闪的铜罐上，照在白天的一切令人愉快的装饰品上。这晴朗的、好奇的、穿着盔甲的、灿烂的夏日，它早已战胜了混乱；蒸干了中世纪伤感的雾霭；抽干了沼泽，在上面竖起了玻璃和石块的建筑；把我们的大脑和身体用这样的全套武器装备起来，使得仅仅看一眼进行日常活动时的举手投足，都要比看过去在露天表演的、军队在平原上以战斗队形拉开阵势的古装历史剧要好看。

13

“社交的旺季。”博纳米说。

太阳已经把海德公园里的绿椅子背后的漆晒得起了泡；晒脱了梧桐树的树皮；把泥土变成了粉末和光滑的黄色卵石。转动着的车轮不停地绕着海德公园转圈子。

“社交的旺季。”博纳米讥讽地说。

他的讥讽态度是由于克拉拉·杜兰特；由于雅各布晒得黑黑的、精壮的从希腊回来了，口袋里装满了有关希腊的笔记，管理员来收费的时候他掏了出来，由于雅各布很沉默。

“他连一个表示看到我高兴的字都没说。”博纳米抱怨地想道。

汽车不停地从蛇形湖的桥上开过；上层阶级的人们挺直了身板走路，或者优雅地趴在围栏上；下层阶级的人们仰面朝天屈腿躺着；行动笨拙的尖腿羊在吃着草；小孩子在草坡上向下奔跑，伸出胳膊，摔倒在地。

“非常文雅。”雅各布突然说。

“文雅”在雅各布的嘴里神秘地具有了博纳米日益感到的更为崇高、更具有压倒性、更可怕的性格中的匀称的特点，尽管他仍然并且可能永远粗野、微贱。

怎样的最高级的字眼！怎样的形容词！怎样使博纳米能够去掉最粗俗的伤感情调；不再像一只软木塞在波浪上沉浮；不再对人的性格没有果断的洞察力；不再不依靠理智，以及不再不能从经典著作中吸取任何安慰？

“文明的顶点。”雅各布说。

他喜欢用拉丁文的词。

宽宏高尚，美德——当雅各布和博纳米谈话时使用这类词汇的时候，意味着他控制着局面；博纳米会像一只充满感情的长毛狗在他周围玩耍，以及（非常可能）最后以他们在地上打滚告终。

“希腊怎么样？”博纳米说，“还有帕台农神庙等等一切怎样？”

“没有任何常说的欧洲神秘主义。”雅各布说。

“想来是气氛，”博纳米说，“你到君士坦丁堡去了？”

“去了。”雅各布说。

博纳米停顿了片刻，移动了一块卵石；然后话像蜥蜴的舌头般迅速、确定地射了出来。

“你在恋爱！”他大声说。

雅各布脸红了。

最锋利的刀子也从来没有切得这么深过。

作为回答或者说尽量不予理睬，雅各布直盯着前面，目不转睛、坚如磐石——啊，非常漂亮——像个英国的海军上将，博纳米愤怒地呼喊，从座位上站起来走开；等待听到什么声音；没有传来任何声音；他的自尊心使他不愿回头看；他越走越快，直到发现自己眼前是汽车和咒骂着的女人。那个漂亮女人的脸在哪里？克拉拉的脸——范妮的——弗洛林达的？那个漂亮的小家伙是谁？

不是克拉拉·杜兰特。

克拉拉必须去遛阿伯丁长毛犬，刚好鲍利先生正要出门——非常想走一走——他们就一起出去了，克拉拉和善良的小鲍利——在奥巴尼有住所的鲍利，用诙谐的口气给《泰晤士报》写信，讲关于外国旅馆和奥罗拉·博利亚利斯的鲍利——喜欢年轻人、右胳膊放在后背饰纽上沿皮卡迪里行走的鲍利。

“小坏蛋！”克拉拉喊道，给特洛伊拴上链子。

鲍利期待着——希望——她会向他倾诉心里话。克拉拉爱她的母亲，但有时感到她有点，呃，她的母亲自信心是这样强，无法理解别人会——会——“像我这样荒唐可笑。”克拉拉猛地说了出来（狗拽着她往前）。鲍利觉得她像个女猎人，在心里琢磨着她究竟应该是哪一个——是不是某个头发里流动着月影的苍白的处女，对鲍利来说这是一个奇想。

她脸红了，直截了当地说到她的母亲——不过只是对鲍利先生说，他爱她母亲，大家一定都爱她；但是对她来说，说出来很不自然，然而她一整天都感到她必须和谁说说，这感觉太痛苦了。

“等我们过了马路。”她弯下身子对狗说。

幸而那时她已经恢复了常态。

“她总是想着英国。”她说，“她非常急切地——”

鲍利又上当了。克拉拉从来不向任何人吐露心声。

“年轻人为什么不做出决定，呃？”他想问。“关于英国是怎么回事？”——这是可怜的克拉拉无法回答的一个问题，因为，由于当杜兰特太太和埃德加爵士讨论爱德华·格雷爵士的政策的时候，克拉拉心里只是在奇怪柜子为什么看上去有土，而雅各布根本就没有来。啊，考利·约翰逊太太来了……

克拉拉会递过漂亮的细瓷茶杯，微笑地听着对她的夸奖——说是在伦敦谁也比不上她的茶泡得好。

“我们在柯西特街布罗克班克商店买茶。”她说。

难道她不该感激吗？难道她不该快活吗？特别是她的母亲看起

来这么健康，和埃德加爵士谈论摩洛哥、委内瑞拉或某个这类地方时是那么开心。

“雅各布！雅各布！”克拉拉心里在想。善良的鲍利先生——他一向对老太太是这么好——看着她。停了下来。心里琢磨伊丽莎白是否对女儿太严厉了；琢磨着博纳米，雅各布——是哪一个呢？——克拉拉一说她得遛遛特洛伊，他马上就跳起身来。

他们来到了博览会的旧址。他们看着郁金香。蜡一般光滑的小小的花梗或挺直或弯曲地从地里长了出来，既得到营养然而又受到抑制，一片鲜红色和珊瑚粉色。每一株花都有自己的影子；每一株都整齐地按园丁的计划生长在菱形的花圃里。

“巴恩斯从来也没能让郁金香长成这样过。”克拉拉心里想道，她叹了口气。

“你可怠慢朋友了。”当一个朝相反方向走过去的人向她抬帽点头致意的时候，鲍利说道。她猛地一惊，回了莱昂内尔·帕里先生的点头致意，白费了她对雅各布涌起的心思。

（“雅各布！雅各布！”她心里在想。）

“可是，如果我放开你，你会被车子压着的。”她对狗说。

“英国看来还可以。”鲍利先生说。

在阿喀琉斯[1]雕像周围的一圈栏杆附近满是阳伞和背心；链子和手镯；优雅漫步的绅士和淑女，不经意地观察着四周。

“‘这座雕像由英国妇女建立。……’”克拉拉傻笑着读出上面的字。“啊，鲍利先生！啊！”嘚嘚——嘚嘚——嘚嘚——一匹没有人骑的马飞奔而过。马镫乱晃；卵石四射。

“啊！停下！拉住它，鲍利先生！”她喊叫道，她紧紧抓着他的胳膊，脸色煞白、浑身战栗、眼泪直流，完全没有意识到自己的状况。

“啧啧！”一小时后鲍利先生在自己的更衣室里说。“啧啧！”——一个足够深刻的评论，尽管没有表达出来，因为他的贴身男仆正在把衬衫领扣递给他。

朱丽亚·艾略特也看见马脱缰而跑，她从座位上站起来看看事情的结果，她来自一个酷爱运动的家庭，这种事对她来说显得有点可笑。果然，那个小个子男人裤子上沾满了土，脚步沉重地在后面追着；看上去气得要命；当朱丽亚·艾略特带着讥讽的微笑转身朝大理石拱门方向去继续她的慈善之行的时候，那男人正在警察的帮助下骑上马去。朱丽亚只是去看望一个病老太太，她认识朱丽亚的

1 阿喀琉斯，希腊神话中除了脚跟外，其他地方都刀枪不入的英雄。

母亲，也许还认识威灵顿公爵；朱丽亚和她的同性们一样，对不幸者充满爱意；喜欢去探望垂死的人；在婚礼上扔鞋子；几十次地倾听别人向她吐露心声；知道的家谱血统的数目比学者熟知的年代都要多；是最仁慈、最慷慨、最不自制的女人之一。

然而，她走过阿喀琉斯的雕像五分钟后，她的脸上就带上了一个在夏日午后在摩肩接踵的人群中跻身行进的人所具有的着迷的表情，树叶在沙沙作响，车轮搅起黄尘，眼前的喧嚣像是对逝去的青春和逝去的夏日的一首挽歌，她心中涌起了一种奇特的忧郁，仿佛岁月和永恒的归宿透过裙子和背心显露了出来，她看到人们悲剧性地走向毁灭。然而，老天知道，朱丽亚不是个傻瓜。再也没有比她更精于讨价还价的女人了。她严守时刻。她手腕上的表告诉她，十二分半钟后要走到布鲁顿街。康格里夫夫人等着她五点钟到达。

韦雷大楼上的镀金大钟敲响了五点。

弗洛林达像个动物那样面无表情地看着那钟。她看看钟；看看门；看看对面的长玻璃窗；放好斗篷；走近桌子，因为她怀孕了——这是毫无疑问的，斯图尔特大妈说，她建议了一些补救的办法，咨询了朋友；当她轻轻走过时，鞋跟绊了一下，跌坐下来。

侍者把她的一杯略带粉红色的甜饮料放在桌子上；她用吸管吸着饮料，眼睛看着镜子、看着门，甜甜的味道使她得到了安慰。当尼克·布拉汉姆进来时，就连年轻的瑞士侍者都看得出来，他们之间有着一个交易。尼克笨拙地把衣服拢在一起，用手指梳理了一下头发，紧张地坐下准备受折磨。她看着他，开始大笑起来，笑啊——笑啊——笑啊。那个年轻的瑞士侍者两腿交叉着站在柱子旁，也笑了起来。

门开了，涌进了摄政街上的喧嚣，既无情又无怜悯的车辆的轰鸣声，以及带着尘埃颗粒的阳光。瑞士侍者必须去接待新来的客人。布拉汉姆举起了杯子。

"他很像雅各布。"弗洛林达看着新进来的人说。

"看他目不转睛地盯着看的样子。"她停住了笑。

雅各布向前探着身子，在海德公园的地上画帕台农神庙的平面图，至少是一些交叉的线条，可能是帕台农，也可能是数学的图解。为什么角落里的卵石埋得那么结实？他掏出一叠纸来并不是为了数他的笔记，他读着桑德拉的一封流畅的长信，这是她两天前在密尔顿·道尔宅写的，写时面前放着他的书、脑子里回忆着说过的或打算做的什么事情、在到卫城去的路上在黑暗中的某个永远至关重要的瞬间（这是她的信念）。

"他就像莫里哀[1]作品里的那个人。"她暗自想道。

1 莫里哀（1622—1673），17世纪法国最伟大的剧作家，用喜剧的传统形式创造了新的喜剧风格。

她指的是阿尔西斯特。她的意思是他很严肃。她的意思是她能够欺骗他。

“难道我不能吗？”她想道，一面把多恩的诗集放回书柜里去。“雅各布，”她继续想道，同时走到窗口，越过星星点点的花圃，看着黑白花斑的奶牛正在山毛榉树下吃草的草地，“雅各布会吃惊的。”

儿童车正在穿过围栏上的小门。她吻吻她的手，在保姆的指导下吉米挥动着他的手。

“他是个小男孩。”她说，心里想的是雅各布。

然而——阿尔西斯特呢？

“你真讨厌！”雅各布咕哝道，一面把一条腿伸直，然后又把另一条腿伸直，在每一个裤子口袋里摸他那张椅子票。

“看来羊把票给吃了，”他说，“你为什么要养羊？”

“对不起打搅你了，先生。”收票的人说，他的一只手深深插在一大口袋的便士里。

“呃，我希望他们好好付给你报酬，”雅各布说，“给你钱。不，不用找了。去把自己灌醉吧。”

他宽容地、怜悯地、怀着对人类的巨大蔑视给出了半个克朗[1]。

即使现在，当可怜的范妮·埃尔默走在滨河大道上时，仍在以自己不起作用的方式应付他在和铁路警卫或搬运工说话时的那种漫不经心、漠不关心、目中无人的态度；或者当怀特霍恩太太的小儿子挨老师打后她来找他商量时他说话的态度。

过去两个月里范妮完全靠明信片维持着，她脑子里的雅各布比任何时候都更具有雕像般的庄严、高贵、盲目。为了增强她的想象，她开始经常到大英博物馆去，她在里面一直低垂着眼睛，直到走到破损的尤利西斯[2]雕像前，才大睁开双眼，感受到雅各布在场的新的震惊，足够持续半天之久。不过这效果也在逐渐消失。她现在写东西了——诗、从不寄出的信；她在大广告牌上的广告里看到他的脸，会穿过马路让手摇风琴声把她的沉思变成狂想曲。但在早餐（她和一个教师同住）当黄油抹得盘子上到处都是、叉尖上凝着剩鸡蛋黄的时候，她便激烈地修正她的想象；说实话，她非常生气，丧失了她的气质，正如马杰里·杰克逊告诉她的那样，把一切降到（她一面系着她那结实的靴子）本能、庸俗、伤感的水平上，因为马杰里也爱过，而且当了一回傻瓜。

“奶奶们应该告诫我们。”范妮说，眼睛看着滨河大道上的培

1　克朗，英国旧币制时的5先令硬币。
2　尤利西斯，即奥德修斯，荷马史诗《奥德赛》的主人公。

根地图店的橱窗——应该告诫你大惊小怪没有用，这就是生活，她们应该这样说，像范妮现在说的这样，一面看着标有轮船航线的巨大的黄色地球仪。

“这就是生活。这就是生活。”范妮说。

“一张冷酷的脸，”巴雷特小姐心里想，她在橱窗的另一边买叙利亚沙漠地区的地图，正不耐烦地等着售货员的服务，“现在女孩子这么快就显得老相了。”

赤道在泪水下模糊了。

“去皮卡迪里吗？”范妮问公共汽车的售票员，然后上到顶层。终究，他会、他必须回到她的身边。

但是当雅各布坐在海德公园的山毛榉树下时，他想着的可能是罗马，是建筑物，是法律制度。

公共汽车在查令十字路口站停下，在它后面塞满了公共汽车、运货车、小汽车，因为有一个队伍举着旗子正走过白厅，一些老年人正艰难地从滑溜溜的狮子爪之间走下来，他们刚才在那儿宣布自己的信仰、高声歌唱、不时从歌谱上抬起眼睛望着天空，现在他们行进在金色字母写出的他们的信条后面时眼睛仍然望着天空。

交通停止了，太阳没有了微风来将它喷洒，变得几乎太热了。但队伍过完了，旗子在经过白厅后在远处闪着光，车辆恢复通行，不稳地移动，旋即进入持续平滑的轰鸣，转过鸡距街的拐角，扫过政府办公大楼和骑马者的雕像，沿白厅而下，到像拴在一起的灰色舰队般的砖石建筑的刺一般的尖顶，然后是威斯敏斯特教堂上的大钟。

大本钟敲了五下；纳尔逊[1]接受了对他的致意。海军部的电报线震颤着传来了遥远的信息。有一个声音不断地说着，总理们和总督们在德国国会大厦发言了。拉合尔上场了，说国王在旅行；在米兰发生了暴乱；说维也纳谣言四起；说驻君士坦丁堡的大使面见了苏丹；舰队停泊在直布罗陀。那声音继续着，当白厅的办事员（蒂莫西·杜兰特是其中之一）倾听、译解、记录时，他们的脸上留下了声音无情的严重性的印记。文件越积越多，上面写着德国皇帝说的话、有关稻田的数据、成百上千的工人的咆哮，他们在背街小巷策划煽动暴乱，或聚集在加尔各答的集市里或在阿尔巴尼亚的高地上集结军事力量，那儿山是土黄色的，白骨横陈。

那声音在一间摆着许多沉重的桌子的四方形的安静的房间里清楚地说着，一个年长的男人在打字机打出的纸页的空白处做笔记，他的银柄雨伞靠在书柜旁。

他的脑袋——光秃、红色的微血管清晰可见、看上去很空虚——代表了那座建筑物里所有的人的脑袋。他的有着一双亲切的

1 纳尔逊（1758—1805），英国海军上将、民族英雄，在特拉法尔加一战中击败拿破仑，自己也牺牲。他的铜像耸立在伦敦特拉法尔加广场上。此处指纳尔逊铜像。

灰白色眼睛的脑袋载着知识的重负穿过马路，把知识摆在同样载着重负而来的同事面前。然后这十六位先生拿起钢笔，或者在椅子里厌倦地转动着身子，判决历史应该这样或那样发展。他们的脸上表明他们果断地下了决心要强使印度的王公和德国的皇帝、集市里的窃窃私语、在白厅里可以清楚地看到的阿尔巴尼亚高地上穿短褶裙的农民的秘密集会，都和谐一致起来，要控制事件的发展进程。

当游行队伍举着旗子经过白厅，空气中充满了口哨声和各种冲击震动时，皮特和查塔姆，伯克和格莱斯顿以瞪视着的大理石的眼睛左右环顾，他们那种永恒的平静的神态也许为生者羡慕。何况，那十六个人之中有的在闹消化不良；有一个就在那一刻弄裂了眼镜的镜片；另一个明天要到格拉斯哥去讲演；总而言之他们都太红润、太胖、太苍白或太瘦，不适于像这些大理石脑袋当年那样处理历史的发展进程。

在海军部他的小房间里正要去查阅一本蓝皮书的蒂米·杜兰特在窗前停留了片刻，注意到捆在灯柱上的标语牌。

打字员之一的托马斯小姐对她的朋友说，如果内阁会议再开下去，她就要误了和男朋友在欢乐酒吧外的约会了。

蒂米·杜兰特胳膊下夹着蓝皮书回来时注意到街角有一小群人；他们密集在一起，仿佛其中一个人知道些什么；另外的人挤在他周围、抬头看看、低头望望、沿街瞅瞅。他知道的是什么？

蒂莫西把蓝皮书放在面前，仔细读着财政部传阅的一份收集信息的文件。他的同事、也是办事员的克劳利先生把一封信插在了插扦上。

雅各布从海德公园的椅子上站起身来，把票撕得粉碎，离开了那儿。

“怎样的日落啊！”弗兰德斯太太给在新加坡的阿切尔的信中写道，“你简直无法下回到屋子里去的决心，”她写道，“似乎连浪费一刹那的时间都是邪恶的。”

雅各布离开时，肯辛顿宫的长窗被映照得火一样红；一群野鸭飞过蛇形湖；树木黑黢黢地、壮丽地衬托在天空下。

“雅各布，”弗兰德斯太太写道，夕阳的红辉照在信纸上，“在惬意的旅行之后现在正在刻苦努力呢……”

“德国皇帝，”遥远的声音在白厅中说，“接见了我。”

“我认识那张脸——”安德鲁·弗洛伊德牧师从皮卡迪里卡特店里走出来时说，“可是究竟是谁？——”他看着雅各布，转过身来看着他，但是不能肯定——

“啊，是雅各布·弗兰德斯！”刹那间他想了起来。

可是他多么高大，多么不做作，一个多么好的青年人。

“我给过他拜伦的作品。”安德鲁·弗洛伊德沉思道，雅各布过马路时他开始向前走去；但是他犹豫了一下，那个瞬间过去了，失去了机会。

另外一支队伍没有打旗子，挡住了去长英亩的路。坐有佩戴着紫水晶的年长有钱的贵妇和插着康乃馨的绅士的四轮马车截住了出租马车，汽车掉转方向，里面穿白色背心的疲倦的男人懒洋洋地靠着，他们正在回到地处普特尼和温布尔顿、有着灌木丛和台球房的家里去。

两个手摇风琴师在路边演奏，从奥尔德里奇出来的臀部标着白色记号的马匹叉开腿就要横穿马路，被敏捷地给猛拉了回来。

杜兰特太太和沃特利先生一起坐在汽车里，心里很焦急，怕错过了序曲。

但是沃特利先生总是那么温文尔雅，总是能赶上序曲，他扣上手套，赞赏着克拉拉小姐。

“在剧院里度过这样的一个晚上真是太遗憾了！”杜兰特太太看到在长英亩里马车制造厂的窗子全都映着火红的夕阳时说道。

“想一想你的高沼地！”沃特利先生对克拉拉说。

“哦！可是克拉拉更喜欢这个。”杜兰特太太大笑道。

“我也不知道——真的。”克拉拉说，一面看着火红的窗子。她突然一震。

她看见了雅各布。

“是谁？”杜兰特太太向前探着身子，厉声问道。

可是她谁也没有看见。

在歌剧院的拱门下，肥大的脸和瘦小的脸、涂了粉的脸和多毛的脸，在夕阳下全都同样泛着红光；在巨大的发出幽暗的樱草色的吊灯的刺激下，在荡妇、鲜红的颜色和豪华的仪式的刺激下，有些女士有一会儿工夫向附近热气腾腾的卧室里看进去，那里面披散着头发的女人把身子探向窗外，那里面女孩子——女童——（长穿衣镜使女人们悬浮在那里）但是必须跟上，不能把路堵住。

克拉拉的高沼地很不错。腓尼基人在他们堆积的灰石块下睡觉；旧矿的烟囱赤裸裸地突立着；早出的蛾子在石南的花铃上留下了污痕；从脚下远远的地方传来了车轮在路面上摩擦的轧轧声；海浪的叹息声显得轻柔、坚持、永不停息。

帕斯柯太太站在她的菜园里，用手遮住射进眼睛的光，看着远处的大海。两艘轮船和一艘帆船对面开过；在海湾里海鸥不断飞落到一根圆木上，再高高飞起，再回到圆木上，有些乘着海浪来到水边，停留在那儿，直到月光把一切变成了白色。

帕斯柯太太早已回到了屋子里。

但是红色的光仍照在帕台农神庙的圆柱上，编织着长袜、有时把一个孩子叫过来给他捉掉头上的小虫子的希腊妇女们快活得像发情期的灰沙燕，争吵着、责骂着、给婴儿喂奶，直到比雷埃夫斯的船舰的炮声终止了这一切。

这声音传播开去，然后伴随着阵阵爆炸声穿过了岛屿之间的海峡。

黑暗像一把刀在希腊落下。

“炮声？”贝蒂·弗兰德斯半睡半醒地说，她下了床走到窗前，窗子周围装饰着黑色的叶子。

“这么远不可能是，”她心里想，“是大海的涛声。”

她又一次听到了遥远的沉闷的声音，好像是夜间活动的女人在拍打巨大的地毯。莫特牺牲了，西布鲁克死了；她的儿子们在为国战斗。但是那些鸡安全吗？楼下是有人在走动吗？是丽贝卡又牙痛了？不。夜间活动的女人们在拍打巨大的地毯。她的母鸡在栖木上微微地动了动。

14

“他什么也没收拾，”博纳米惊奇地说，“什么也没有安排。所有的信都到处乱放着，谁都能够读。他是怎么想的？他以为他还会回来吗？”他站在雅各布房间的正中间沉思着。

十八世纪有它的特点。这些房子大概是一百五十年前盖的。房间美观匀称，天花板很高；在上门框的木头上雕着一朵玫瑰花或一个公羊的头骨。就连墙上漆成山莓色的嵌板也有自己的特点。

博纳米拿起一张购买猎鞭的账单。

“这好像已经付过钱了。”他说。

有桑德拉给他的信。

杜兰特太太正带一批人到格林尼治去。

罗克斯比尔伯爵夫人盼着这份愉快。……

空屋子里的空气也是无精打采的，只是把窗帘吹得鼓起来，花瓶里的花微微一动。尽管没有人坐，柳条扶手椅的一根条发出吱吱的响声。

博纳米穿过屋子走到窗前。皮克福德的运货车沿街开去。公共汽车在莫迪路口堵在了一起。发动机颤动着，赶运货马车的人刹住了车，猛劲拉住马。一个刺耳的、悲惨的声音喊了些难懂的话。然后突然所有的树叶似乎都挺了起来。

“雅各布！雅各布！”博纳米站在窗口呼喊道。树叶又垂下了头。

“到处都是这样一片混乱！”贝蒂·弗兰德斯一把推开卧室的门大声说道。

博纳米从窗前转过身子。

“我该怎么处理这个，博纳米先生？”

她伸出的手里拿着雅各布的一双旧鞋子。

图书在版编目（CIP）数据

雅各布之屋 /（英）弗吉尼亚·伍尔夫著；王家湘译. — 2版. — 北京：北京十月文艺出版社，2021.5
ISBN 978-7-5302-2108-2

Ⅰ.①雅… Ⅱ.①弗… ②王… Ⅲ.①长篇小说—英国—现代 Ⅳ.①I561.45

中国版本图书馆 CIP 数据核字 (2020) 第224800号

雅各布之屋
YAGEBU ZHI WU
[英] 弗吉尼亚·伍尔夫 著　王家湘 译

出　　版　北京出版集团
　　　　　北京十月文艺出版社
地　　址　北京北三环中路6号
邮　　编　100120
网　　址　www.bph.com.cn
发　　行　新经典发行有限公司
　　　　　电话（010）68423599
经　　销　新华书店
印　　刷　北京盛通印刷股份有限公司
版　　次　2021年5月第2版
　　　　　2022年2月第2次印刷
开　　本　880毫米 ×1230毫米　1/32
印　　张　8
字　　数　144千字
书　　号　ISBN 978-7-5302-2108-2
定　　价　46.00元
质量监督电话　010-58572393
如有印装质量问题，由本社负责调换。